D1867515

Tanja Kasischke

Luther, was läuft?

Gabriel

Dr. Tanja Kasischke ist eine erfahrene Journalistin mit Schwerpunkt Jugend. Sie leitet das Pressenetzwerk für Jugendthemen (pnj) und ist darüber hinaus Mitarbeiterin im großen Projekt Luther 2017 und hat hierfür das Junge Medienkompetenzzentrum Luther 2017 organisiert.

Mehr über unsere Bücher, Autoren und Illustratoren auf:
www.gabriel-verlag.de

Inhalt

5 Es ist an der Zeit: Die Reformation holt uns ein
13 Hier steh ich: Martin Luther zu seiner Zeit
35 Ein Christ folgt seinem gesunden Menschenverstand
43 Ein Christ muss sich vor niemandem rechtfertigen
53 Der Mensch ist gut und verhält sich richtig
61 Ich bereichere mich nicht auf Kosten anderer. Die Schöpfung gehört allen.
69 Geld macht nicht glücklich
77 Wer in einer Gemeinschaft lebt, soll etwas für sie tun
85 Die vernetzte Welt ist eine Chance
95 Männer haben immer noch das Sagen
103 Ich mische mich ein, wenn mir etwas negativ auffällt
111 Es lohnt sich, sozial zu sein
119 Ich traue mir zu, frei zu sprechen
128 Mission Luther2017, Fortsetzung folgt oder: Was ich heute mache, um zu überzeugen
134 Die 95 Thesen

Es ist an der Zeit: Die Reformation holt uns ein

Michael macht Urlaub in Wittenberg. An dem kleinen Bahnhof heißen Schilder mit der Aufschrift *Lutherstadt* Besucher willkommen. Michael wählte sein Ziel bewusst: Der junge US-Amerikaner hat sich für den Pfarrberuf entschieden. Ein Stopp am Portal der Schlosskirche, an das der Geistliche Martin Luther 1517 vermeintlich seine 95 Thesen zur Reform der Kirche heftete, ist Michaels must-see. Bewegt reflektiert er diesen zentralen Moment in der Geschichte Deutschlands und Europas. Die Reformation hat das Verhältnis der Staaten zueinander und die Haltung eines Volks zu dem, der regiert, neu geordnet. Michael will sich die Kraft des Ereignisses in Wittenberg vergegenwärtigen. Ohne sie wäre er nicht hier.

Die Geschichte ist wahr, wenngleich Michaels Besuch schon einige Jahre zurückliegt. Angenommen, er käme 2017 wieder, 500 Jahre nach der ersten Veröffentlichung der Luther-Thesen. Dann könnte der Besuch so ablaufen: Diesmal muss sich Michael den Platz vor dem Kirchenportal mit vielen anderen Touristen teilen. Im Jubiläumsjahr ist der Abstecher nach Wittenberg oder zu einer anderen Lutherstätte in Deutschland, Eisenach, Eisleben, Torgau, Erfurt, Worms, bei jungen Christen aus aller Welt angesagt. Selbstbewusst schießen sie Selfies vor der Statue des Reformators oder simulieren den Thesenanschlag. Wir sind Luther! Wir sehen uns in seiner Tradition,

das drückt ihr Handeln aus. Michael beobachtet sie belustigt, lauscht englischen, spanischen, russischen, koreanischen Wortfetzen. Dabei fällt ihm auf, dass eine Sprache fehlt: Deutsch. Wo sind denn Luthers junge Landsleute?
Sie müssen sich zum Feiern überwinden. Michael kann es nicht fassen. Statt eines Heimspiels hat der Reformator ausgerechnet hierzulande ein Imageproblem. Da helfen auch keine bunten Reiseandenken. In einem Café kommt Michael mit der Kellnerin ins Gespräch. Der Luther-Fan aus den Vereinigten Staaten amüsiert sie. Touristen! Amis, diese Patrioten! Verstehen nicht, dass der Jubiläumskult um Luther langsam nervt. Warum sich reiben an seinen Thesen oder sie bis auf ihre Grundwerte entkernen und prüfen? Luther ist tot. Michael widerspricht: Luther lebt!

Die Reformation ist ein Ereignis für junge Leute! Zeit, sich dem Thema anders zu nähern als über die historische Person Martin Luthers. Damals ging es um Identität. Heute geht es – noch immer oder schon wieder – um Identität. Unsere. Die Reformatoren überzeugten, indem sie Werte ansprachen, die von vielen geteilt wurden. Wie wir heute Themen auf Facebook liken und weiterleiten. Wir erklären so, dass eine Aussage zutrifft. Ein so breites Feedback machte 1517 den Veränderern Mut, überholte Vorstellungen und Strukturen ihrer Gesellschaft öffentlich zu kritisieren, auch in den Medien. Sie protestierten. Die Reformation war auch eine Medienrevolution. Luthers Team fand die richtigen Worte. Und die passenden Formate. Einige Unterstützer haben sich radikalisiert. Andere knickten ein. Unterm Strich aber bewegten sie viel. Staat und Gesellschaft reiften. Auch hier macht Jugend mit uns im Prinzip dasselbe: Wir prüfen den

Status und das Verhältnis zu Autoritäten. Persönliche Werte fallen weg oder kommen neu dazu. Jugend reformiert! Hier ist sie deshalb richtig. Hier ist sie gefragt. Die Welt zu gestalten macht Spaß und strengt an, weil Verändern herausfordert, den der sich ändert und sein Umfeld, das reagiert. Doch mit etwas Glück und dem passenden Zeitpunkt sind andere auch in Reformstimmung und dankbar, inspiriert zu werden.

Auch Michael ist bewegt, seine Ansichten sind zu einer flammenden Rede geworden. Reformation? Aber hallo! Da steckt mehr drin als eine trockene Episode aus dem Schul- oder Konfirmandenunterricht. Die Geschichte hat Potenzial. Am Anfang war das Wort, die Bibel. Sie verwendete Luther als Grundlage. Daraus entwickelte er eine Gebrauchsanweisung für die Gesellschaft.

Ja, und? Michaels Gegenüber stemmt skeptisch die Arme in die Seiten. Je weiter ein Ereignis zurückliegt, umso mühsamer ist es, sich dafür zu begeistern. Martin Luther ist prominent aber kein Blickfang. Die Gemälde, die es von ihm gibt, zeigen einen erwachsenen Mann, beleibt, fast durchgängig schwarz gekleidet, mit einem Mantel, der zusätzlich aufträgt. Luther ist bieder frisiert, er trägt einem altbackenen Hut auf dem Kopf. Luther lächelt nicht. Er zieht ein mürrisches Gesicht. Lust, ihn kennenzulernen, macht das nicht. Martin Luther hat die Bibel ins Deutsche übersetzt. Ja, und? Inhalte, bitte!

Einige liefert dieses Buch, in dem sich Jugendliche Luthers Thesen herangeholt haben. So, wie sie heute lauten könnten, um zu überzeugen: »2017 ist ein gutes Jubiläum, wenn für mich ein Weg reinführt.« Unsere Inhalte sind nicht mehr Luthers Inhalte, weil unsere Gesellschaft anders aussieht und anders funktioniert. Den Verlauf der Reformation vor 500 Jahren unterrichtshaft nachzuzeichnen, passt methodisch gar nicht zu dem, was uns gerade bewegt. Was passt, ist das Prinzip Reformation. Menschen erfinden sich gerne neu. Mit einer neuen Frisur, anderer Kleidung, indem sie ihre Wohnungseinrichtung oder ihre Ernährung umstellen, sich gesellschaftlich engagieren. Mitunter: sich radikalisieren. Wir prüfen Werte, die uns wichtig sind. Woran wir glauben. Daraus ergibt sich unsere Identität. Das fällt leicht, solange wir sehen, woran wir glauben. Die Reformation hat es schwerer. Die sieht man nicht mehr. Die spürt man. Aber nicht beim Anblick putziger Souvenirs. Auch nicht mehr beim Anblick von Kirchen. Michael ist die Ausnahme. Doch er versteht auch, dass er sich von der Thesentür weg ins Café bewegen muss, um Luther 2017 eine Chance zu geben. Er hat recht. Wir sind Luther. Um das zu sehen, muss man, anders als im Schulunterricht, die historische Kulisse verlassen, und zwar nicht durch den Haupteingang. Sonst bleibt die Reformation eine in sich geschlossene Sache.
Tipp: Die Hintertür ist offen! Sie führt hierher.

Dieses Buch ist ein Gegenwartsbuch. Geschichte gehört uns allen. Aber jeder ist aufgerufen, sie für sich anzufassen. So wie der junge US-Pfarrer Michael, der in Wittenberg Luthers Erbe aufspürt, aber, statt eine Postkarte zu kaufen und seiner

Wege zu gehen, das Gespräch sucht. Und findet. Wenn klar ist, dass Interpretationen Ausdruck der Gegenwart sind, dockt Geschichte an unsere Welt an. Je nachdem, was gerade anliegt. Für uns sind das Menschenrechte, Klimaschutz, vereintes Europa, Datenschutz, Flüchtlingskrise. Vor 500 Jahren hießen die Schlagworte: Ablass, Gewaltenteilung zwischen Kirche und Staatsmacht, Humanismus, Freiheit. Dass Martin Luther zum Sprecher eines Teams aus heutiger Sicht mäßig attraktiver, reformatorischer Nerds aufstieg, das die neuen Medien seiner Zeit klug nutzte, ist erstaunlich! Wo er so bieder wirkt auf den Bildern. Unsere Definition von gutem Aussehen war vor 500 Jahren nicht maßgeblich. Was zählte, war: Luther meldete sich zu Wort. Ist Edward Snowden optisch ein Typ für Titelseiten? Nein. Seine Botschaft jedoch ist es. Der moderne Begriff Whistleblower, der für Snowden gilt, passt nicht zur historischen Person Martin Luthers. Verhalten hat er sich jedoch vergleichbar, indem er die Öffentlichkeit auf den Machtmissbrauch der Regierung stieß und unbequeme Wahrheiten an die Öffentlichkeit brachte. Er hat was riskiert. Aufgrund seiner Ausbildung und Position schätzten ihn die Menschen als vertrauenswürdige Quelle ein. Das Prinzip Reformation abzubilden, mindert den Wert des historischen Ereignisses keineswegs!

Nachdem Michael King im Jahr 1934 in die USA zurückgekehrt war, taufte er seinen ältesten Sohn Martin Luther, nach dem Reformator, in dessen Tradition er sich sah. Martin Luther King jr. wurde auch zu einem Reformator, der, an der Spitze der Bürgerrechtsbewegung, die Gesellschaft in den USA Mitte der 1960er-Jahre bewegte und veränderte.

Wo wir heute stehen

Dieses Buch ist der Versuch, Reformation auszudrücken. 200 Jugendliche zwischen zwölf und 17 Jahren haben über ein Vierteljahr mit den folgenden Thesen gearbeitet. Bei einigen hielten sie sich streng an den Wortlaut, bei anderen hat sich der Inhalt verselbstständigt. Auch das heißt Reformation, Umwandlung. Das Ergebnis war jedes Mal sehr authentisch. Dass US-Bürgerrechtler, deutsche Fußballprofis, schwedische Urlauber und ein arabisches Flüchtlingsmädchen 500 Jahre nach dem – originalen – Thesenanschlag mit dem Thema Reformation in Verbindung stehen, war nicht abzusehen. Es ergab sich. Der Respekt vor der Leistung Martin Luthers zu seiner Zeit, ist dadurch gestiegen.

Die modernen Thesen sind nicht im Wortlaut vom Originaltext abgeleitet, weil Ablass, Teufelsaustreibung und Endzeitstimmung als Themen heute nicht mehr vorkommen. Auch die Autorität der Kirche bedarf inzwischen einer anderen Lesart, weil ihr immer weniger Menschen angehören. Andere Inhalte sind präsent geblieben, das gilt für die Frage nach dem Machtverhältnis zwischen Staat und Bürger, die Themen Bildung, Besitz, Schöpfung, (zivil-)gesellschaftliche Verantwortung. Sie sprechen Werte an, die uns durch und durch gehen. Es sind Werte der Reformation.

Die modernen Thesen sind frei formuliert und mit Luthers Wortlaut in Verbindung gebracht worden. Nicht synchronisiert! Denn Werte liest jeder im Kontext seiner Zeit.

Die Idee, dieses gestalterische Prinzip nun wieder umzukehren und Inhalte als Thesen in eine sprachlich moderne Form (zurück)zubringen, stand am Beginn des Buches.

Hier steh ich: Martin Luther zu seiner Zeit

Luthers Thesen sind 1517 Ausdruck ihrer Gegenwart. Es macht Sinn, ihre Entstehungsgeschichte zu kennen. Dadurch stellt sich die Frage leichter, ob und wie die Thesen uns heute ansprechen. Sie tun es, indem wir die Deutung der gesellschaftlichen Gesamtsituation vor 500 Jahren berücksichtigen! Das genaue Datum ihrer Veröffentlichung ist aus heutiger Sicht zweitrangig. Wer seine Forderung nach aktuellen Bezügen von Luthers Thesen nur auf das 1517 veröffentlichte Papier bezieht, scheitert. Die Aussagen sind nicht zeitlos. Aber die Werte, für die sie stehen, gelten auch heute noch.

Luthers Thesen kamen nicht von jetzt auf gleich. Schon gar nicht waren sie als Konzept einer verbesserten neuen Kirche gedacht, mit der sich die Protestanten von den Katholiken abgrenzen wollten. Vor 500 Jahren redete man Klartext über die Rolle der Kirche, weil sie an Bedeutung verlor und viele Menschen verunsichert und sinnsuchend zurückließ. Es gab Stimmen, die äußerten die Kritik leise, hinter vorgehaltener Hand, etwa in einigen Klöstern. Es gab vereinzelt lauten Protest. Und dann kam Martin Luther, der aufschrieb, was er dachte. Das spielte denjenigen, die schon länger unzufrieden waren, in die Hände. Seine Thesen wurden öffentlich gemacht, gedruckt, verbreitet. Die leisen Kritiker wurden mutiger und meldeten sich zu Wort. Andere fanden in Luthers Ansatz den Sinn, nach dem sie suchten.

Indem wir uns weniger auf den 31. Oktober 1517 festlegen als den Blick durch die Epoche schweifen lassen, entfaltet der Thesenanschlag erst seine volle Wirkung als Kick-off der Reformation. Im frühen 16. Jahrhundert war Martin Luther genau richtig. Unsere heutige Lesart von Reformen in Gesellschaft und Politik steht zwar auch in der Tradition christlicher Werte, würde Luther jedoch aufs Heftigste missfallen: Sie wäre ihm viel zu weltlich orientiert!

Luther: Hält der Held, was er verspricht?

Menschen, die aus Überzeugung handeln, sind ein historisch verlässliches Phänomen. Früher oder später taucht wieder einer auf. Jede Generation bringt ihre Weltverbesserer hervor. Sie bewegen erst sich, dann andere. Bei Luther war es umgekehrt. Geklappt hat es trotzdem mit der Vorwärtsbewegung. Aufgabe der Geschichtsschreibung ist, die Verdienste der Weltveränderer zu prüfen und zugänglich zu machen. Dazu zählt auch Offenheit für Kritik.

Solange man über mich spricht, bin ich interessant. Ausgerechnet Martin Luthers engster Mitarbeiter Philipp Melanchthon erfand im Herbst 1546, wenige Monate nach dem Tod des Reformators, die Episode vom Wittenberger Thesenanschlag. Der Schauplatz war dramaturgisch ausgefeilt: Die Geschichte vom kirchenverdrossenen Mönch, der am späten Abend des 31. Oktober 1517 mit Wucht sein Thesenpapier zur Reform des Papsttums ans Portal der Wittenberger Schlosskirche nagelte, hielt sich fünf Jahrhunderte, bis in die 1960er-Jahre. Dann stellten sich die Historiker der Tatsache, dass Philipp Melanchthon damals ebenso wenig dabei gewesen sein konnte, denn er zog erst 1518 aus Süddeutschland nach Wittenberg, wie Generationen von Pfarrern, Politikern oder Filmemachern, die den Stoff begeistert weitersponnen. Augenzeugenberichte des Thesenanschlags gibt es keine. Umso leichter fiel es, die Geschichte publikumswirksam auszugestalten.

Ganz sicher verhielt sich Philipp Melanchthon loyal, obwohl Martin Luther und er als Kollegen fachlich nicht immer einer Meinung waren. Vielleicht lag das an dem Altersunterschied von 14 Jahren, die Melanchthon jünger war, und der seine Sichtweisen beeinflusste. Vielleicht war seine liberale Ausbildung ausschlaggebend gewesen. Martin Luther war Mönch, Philipp Melanchthon Hochschullehrer – mit 21 Jahren erhielt er seine Professur in Wittenberg. Während Luther das Wort Christi, die Bibeltexte, all seinen Werten zugrunde legte, thematisierte Melanchthon Bildung als Voraussetzung dafür, dass sich ein Mensch frei entfalten konnte. Das sorgte intern für Diskussionen, wohingegen Luther und vor allem Melanchthon nach außen Einigkeit zeigten und an der Uni und darüber hinaus viele Fans hatten.

Melanchthon konnte die Launen des älteren Luther erstaunlich gut parieren und war als einer der Vordenker des Reformations-Thinktanks der Universität Wittenberg für damalige Maßstäbe sehr medienerfahren. Nach Luthers Tod Gerüchte in die Welt zu setzen, passte nicht zu ihm. Aber wer sagt, dass er dem Reformator schaden wollte? Die Geschichte vom Thesenanschlag machte Luther zum Helden. Und wer wäre als ihre Quelle vertrauenswürdiger als sein Freund und Kollege Philipp Melanchthon?

Wie wäre es mit dieser Lesart: Allen Meinungsverschiedenheiten zum Trotz vermisste Melanchthon seinen Kollegen und Mentor sehr. Er war sich bewusst, dass dessen Tod ein Rückschlag für die Unternehmung Reformation war, um die es 1546 sowieso nicht mehr so gut bestellt war wie 30 Jahre zuvor: Die Konflikte zwischen den katholischen und den protestantischen deutschen Fürsten waren hochgekocht, ein Krieg ausgebrochen. Möglicherweise hoffte Philipp Melanchthon, mit seiner Geschichte vom Thesenanschlag neue Kräfte bei den Protestanten freizusetzen. Das gelang nicht unmittelbar, aber langfristig: Der Krieg ging für das protestantische Bündnis, den Schmalkaldischen Bund, verloren. Das Bild vom hämmernden Martin Luther machte seine Nachfolger aber jahrhundertlang stolz und blieb anhaltend medienwirksam: Kaum ein Ort in Wittenberg wird so oft und von Menschen aus aller Welt fotografiert wie die hölzerne Tür der Schlosskirche.

Niemand weiß, ob dort am Abend des 31. Oktober 1517 ein Thesenpapier hing. Früher oder später befestigte vermutlich wirklich jemand eine Abschrift der 95 Thesen dort, ein Mitarbeiter der Universität Wittenberg vielleicht. Vielleicht auch ein Drucker, dem die Thesen in die Hände gefallen waren und der das große Geschäft witterte. Mit ziemlicher Sicherheit war Martin Luther nicht derjenige, der die Thesen an die Tür heftete. Wer neutral von einer Veröffentlichung der Thesen spricht, liegt dagegen in jedem Fall richtig. Dass Martin Luther im Herbst des Jahres 1517 seine schriftlich formulierte Kritik an den Zuständen in Kirche und Gesellschaft diskutiert haben wollte, stimmt. Die Öffentlichkeit hätte er allerdings lieber rausgehalten und das Streitgespräch an der Universität geführt. Hinter verschlossenen Türen.

Die Reformation hatte Martin Luther 1517 gerade noch gefehlt. Er wollte kein Held sein. Er wollte keine neue Kirche gründen. Er wollte die bestehende katholische Kirche, deren Werte ziemlich beliebig geraten waren, verweltlicht, wieder auf Kurs bringen. So gesehen war der Verfasser der 95 Thesen anfangs ziemlich konservativ. Nicht gerade das, was man sich unter einem Reformer vorstellt.

Martin Luther war kein Protestant der ersten Stunde, sondern katholischer Mönch! Nicht der Glaube war ihm abhandengekommen, sondern die Art, wie der Papst Glaube auslegte und die Kirche für seine Interessen einspannte, nervte Luther. Als Professor an der Universität Wittenberg und Seelsorger bekam er die Zweifel der Bevölkerung hautnah mit und fand, er müsse mal Klartext reden. Das ging am besten stichpunktartig, mit guten Argumenten und klaren Ansagen. Deshalb wurden die Thesen kein Aufsatz, sondern entstanden als eine Aufzählung guter Gründe für die Reform der Kirche. Seine Kritik begründete Martin Luther auch nicht wissenschaftlich, sondern mit seiner persönlichen Betroffenheit. Obwohl er die Thesen doch etwas distanzierter formulierte, kam ihre eindringliche, fordernde Sprache dadurch zustande, dass Luther so dachte, wie er schrieb: Er fühlte sich als Christ nicht mehr würdig vertreten. Der Papst und seine Bischöfe waren schlechte Vorbilder, ihr ausschweifender Lebensstil nicht mit dem reinen Glauben Christi vereinbar. Statt Werte vorzuleben, zerstörten sie sie. Statt an das Wohl ihrer Gemeinden dachten sie an sich, ließen es sich gut gehen und sonnten sich im Ruhm ihrer Posten. Sie steckten ihre Steuereinnahmen in prächtige Kirchen und Paläste, und herrschte Ebbe in der Kasse, nahmen sie Kredite auf und machten Schulden. Rechtfertigen mussten sie sich schließlich vor niemandem. Martin Luther aber fand: Damit musste Schluss sein. Die Kirche hielt nicht mehr, was sie versprochen hatte.

Teure Erlösung: Ablass

Der Zweck heiligt die Mittel, sagt ein Sprichwort. Das heißt, wenn eine Methode mehr nützt als schadet, darf man sie anwenden und den entstehenden Schaden vernachlässigen. Ein wirkungsvolles Mittel, das Kirchenbudget aufzustocken, waren um 1500 die Ablassbriefe. Sie wurden mit dem Versprechen unters Volk gebracht, dass der Käufer sich damit von seinen Sünden freikaufte und vor Gott wieder gut dastand. Noch besser: Ablass war übertragbar. Jeder Christ konnte ihn sowohl für sich selbst kaufen, als auch Verwandten damit einen Platz im Himmel sichern. Die päpstlich verbriefte Erlösung war ein gutes Geschäft!

Dass die Christen vor 500 Jahren so käuflich waren, lag an der gesellschaftlichen Identitätskrise. Es herrschte Endzeitstimmung. Die Welt war in Bewegung geraten und für die Menschen fühlte sich das bedrohlich an.

Was war passiert? Um 1500 kam einiges zusammen. Johannes Gutenberg hatte in Mainz den Buchdruck erfunden. Manuskripte mussten nicht länger von Hand abgeschrieben werden, Druckmaschinen beschleunigten ihre Verbreitung enorm. Billiger machte die neue Technik die Druckerzeugnisse noch dazu! Für Martin Luther und sein Wittenberger Reformations-Hauptquartier würde der Buchdruck eine zentrale Rolle spielen. Die Reformation war auch eine Medienrevolution und deshalb so erfolgreich.

Der Buchdruck machte Tempo. Die Menschen lernten lesend die Welt kennen und hatten Gelegenheit, sie zu reflektieren. Was man darüber nicht vergessen darf, ist, dass große Teile der Bevölkerung damals noch nicht lesen und schreiben können. Neu war: Sie empfanden das als Mangel, der behoben werden musste. Das Bewusstsein dafür, wie wichtig Bildung ist, entwickelte sich entscheidend weiter. Auch darauf nahmen die

Reformatoren Einfluss und Bezug! Bis sich die allgemeine Volksschule durchsetzte, behalfen sich die Buchdrucker und Verleger damit, ihre Geschichten nicht nur in Worten, sondern auch in Abbildungen zu erzählen. Martin Luther hatte in Wittenberg einen Freund, den Maler Lucas Cranach, der gemeinsam mit seinem Sohn eine gut gehende Werkstatt führte und Mitarbeiter extra dafür anstellte, dass sie Bilder mit Schablonen massenhaft herstellten. Heute würde man sagen, die Cranachs arbeiteten nach dem Copy-and-Paste-Prinzip. Das half, Bilder schnell in großen Mengen zur Verfügung zu stellen. Leisten konnten sie sich die Menschen auch. Ein gutes Gefühl auf beiden Seiten! Wissen war erschwinglich geworden.

Der Bildungsgedanke bewirkte aber noch mehr: Er machte die Menschen selbstbewusst. In den Städten waren es vor allem die Bürger, die anspruchsvoller wurden und Lust bekamen, ihren Horizont zu erweitern: dazuzulernen. Dasselbe galt für die Landesherren des damals in viele Fürsten- und Herzogtümer aufgeteilten Deutschen Reiches. Sie modernisierten ihre Staaten, führten eine zentrale Verwaltung ein, investierten in ein professionelles Rechtssystem und profilierten sich mit der Gründung von Universitäten. Herrschaft, erkannten sie, musste der Bevölkerung etwas bieten. Der Mensch wurde mündig erklärt. Heute würde man sagen: kompetent.

So lobenswert die Ansätze waren, das Volk reagierte mit gemischten Gefühlen auf den Wandel. Sein jahrhundertealtes Wertesystem stand plötzlich auf der Kippe. Europa zerfiel. Die Habsburger, Herrscher in Österreich und Spanien, bildeten die eine Großmacht, Frankreich die andere. Beide wollten bestimmen, beide konkurrierten um die Führungsrolle in Europa. Die Landesfürsten in Deutschland fanden auch, sie seien berechtigt, ihr eigenes Ding zu machen. In Martin Luthers damaliger Heimat Sachsen verständigten sich 1485 die beiden Söhne des sächsischen Herrscherhauses darauf, ihr Gebiet aufzuteilen. Ernst behielt den westlichen Teil, das heutige Thüringen und einen Teil Sachsen-Anhalts. Albrecht bekam den östlichen Teil, Sachsen-Anhalt und Sachsen mit den wichtigen Städten Leipzig, Dresden und Meißen. Kurfürst Friedrich der Weise, der für Martin Luther eine sehr wichtige Rolle spielen würde, löste seinen Vater Ernst 1486 an der Regierung ab. Weil die Universität Leipzig zum Gebiet seines Onkels Albrecht gehörte, handelte der 23 Jahre alte Kurfürst prompt und gründete in Wittenberg 1502 eine eigene, junge, innovative Hochschule.

Die Verweltlichung der Gesellschaft war neu. Die katholische Kirche schien sich daran nicht zu stören, nur einige wenige Reformorden, Klöster, die eine Rückbesinnung auf die urchristliche Gemeinschaft und das Lebensmodell Jesu forderten, wonach Freiheit eine Folge göttlicher Erlösung war und keine persönliche oder gar staatliche Feststellung, widersetzten sich dem Trend. Die Menschen reagierten verunsichert, orientierungslos: Wo stehen wir denn nun? Wer sind wir? Verstärkt wurde die Unsicherheit der Bevölkerung dadurch, dass die Türken nach Europa drängten. Die zweifelnde christliche Welt wurde mit dem Islam konfrontiert, der religiös eindeutig war und das auch klar formulierte: Gott ist groß!

Die Welt um 1500 war im Wandel, auch ein neuer Kontinent war durch die Entdeckung Amerikas 1492 dazugekommen, einige Jahrzehnte darauf kehrte der Mathematiker und Astronom Nikolaus Kopernikus die Weltanschauung um, indem er berechnete, dass sich die Erde um die Sonne dreht – nicht umgekehrt. Die Welt bewegte sich. Das Verhältnis von Staat und Gesellschaft veränderte sich. Nur die Kirche zog nicht nach, ließ die Identitätssuche ihrer Anhänger unbeantwortet. Die Christen hatten keine Klarheit mehr bei der Frage: Was macht uns aus?

Es gab Geistliche und Wissenschaftler, die fanden, es sei an der Zeit für Alternativen, die sich dem Modernisierungsprozess nicht entgegenstemmten, sondern ihn als Motor begriffen. Die Gruppe der Humanisten betonte den Gedanken, dass der Mensch sein Leben und Tun selbst bestimmen konnte. Sie konzentrierten sich auf den Wert der Bildung: Er würde den Menschen unabhängiger machen von der Religion. Glauben und Wissen durften kein Widerspruch sein, sondern eine erstrebenswerte Kombination.

Der tschechische Prediger Johannes Hus wiederum setzte den mündigen, kompetenten neuen Menschen in ein partnerschaftliches Verhältnis zu Gott. Auf Identitätssuche oder bei Gewissensfragen solle er sich direkt an Gott wenden, statt sich von der Kirche beraten zu lassen. Die Kirche sei unzeitgemäß. Inspiriert hatten Hus die Thesen des englischen Kollegen John Wyclif. Der lehnte sich sogar noch weiter aus dem Fenster und empfahl der Kirche, ihren Einfluss auf Politik und Recht an den Staat abzutreten. Ein Christ musste nicht demütig aufblicken und ein Leben lang leiden, sondern konnte sein Schicksal produktiv mitgestalten. Dass er sich Gott angeschlossen hatte, war Bekenntnis genug. Beide, Wyclif und Hus, wurden heftig kritisiert, Hus 1415 ermordet. Der gesellschaftliche Rückhalt für Reformen aber wuchs. Martin Luther war nicht der Erste, der Vorschläge dazu machte und in schriftliche Form brachte.

Die Thesen: Luther reagiert aufs Wort?

1517 hatte der Ablasshandel Dimensionen erreicht, die Luther zornig machten. Vor allem, weil sich das Geschäft vor seiner Haustür abspielte. Bischof Albrecht von Brandenburg war eine Außenstelle Roms im Ablasshandel. Er koordinierte den Verkauf nicht uneigennützig: Der Papst ließ ihn die Hälfte des Geldes behalten. Das traf sich gut, Albrecht war hoch verschuldet und brauchte die Einnahmen. In Wittenberg hatte der Kurfürst die Briefe zwar verboten, das hielt die Wittenberger aber nicht davon ab, über die nahe Grenze nach Brandenburg zu fahren und sich dort mit Ablässen einzudecken. Einige befiel nach dem Ablasskauf ein schlechtes Gewissen, sodass sie mit dem Papier im Beichtstuhl auftauchten und Rat bei dem Mönch Luther suchten. Im Herbst 1517 platzte ihm der Kragen. Wütend schrieb er einen Brief an Albrecht von Brandenburg und verlangte ein Ende des Ablasshandels. Dass der Bischof mit dem Papst gemeinsame Sache machte, ahnte Luther nicht. Entsprechend empört war er, als die Antwort ausblieb.

Als nächsten Schritt brachte er seine Vorschläge für eine Reform der katholischen Kirche mit sofortiger Beendigung des Ablasshandels und einer Rückkehr zu den biblischen Grundlagen des Glaubens zu Papier und verlangte, an der Universität Wittenberg darüber ein Streitgespräch zu führen. Der lateinische Ausdruck dafür ist Disputation, Verteidigung. Martin Luther war sich bewusst, dass er seine Thesen verteidigen musste. Eine wissenschaftliche Disputation war ein Schlagabtausch von Pros und Kontras, aber auf eine Lösung hin orientiert. Luther erhoffte sich Rückhalt für seinen Standpunkt.

Wer immer die Thesen vor dem Rat der Universität in die Hände bekam, er brachte sie vor die gesamte Öffentlichkeit. Das entsprach nicht der Absicht des Verfassers. Fragt sich, wer geschockter war, Martin Luther oder Papst Leo X. Bei ihm und seinen Geistlichen kam die Schelte nicht gut an. Beide Seiten traf die Wucht der Ereignisse unvorbereitet. Zum Glück für Luther nahm der Papst den Wutausbruch des Wittenbergers nicht ernst, obwohl der alarmierte Bischof Albrecht ihm inzwischen Luthers Brief zugespielt hatte. Leo blieb gelassen, was sollte schon passieren? Die Kirche, soviel war klar, würde sich nicht neu erfinden. Der Papst war Gottes Stellvertreter auf Erden. Sich vor den Menschen zu rechtfertigen, hatte er nicht nötig. Ihm konnte keiner was. Oder doch?

Ihre Unbeweglichkeit hat die Kirche ihre Macht gekostet und ihr Ansehen bei der Bevölkerung so geschwächt, dass sich in den darauffolgenden Jahrzehnten ein zweites Bekenntnis, der Protestantismus, etablieren konnte. Martin Luther, gestartet als Reformkatholik, geriet zum Reformator. Eine Bildungs- und Medienbewegung wählte sich den Wittenberger zum Sprecher. Weil Luther ein tief religiöser Mensch war und in der Lage, Verantwortung abzugeben, begriff er sein Handeln als Ausdruck seines Bekenntnisses: Ein Christ ist von Gott autorisiert, sich frei zu entfalten. Das war nicht ganz der Standpunkt des Humanismus, wonach der Mensch seinen eigenen Willen tat, anstatt Gottes demütiger Diener zu sein, es lagen aber auch keine Welten mehr dazwischen.

Martin Luther hat seine Zeitgenossen reformiert und sie ihn. Die Thesen und alles, was er in den folgenden Jahren veröffentlichte, waren sein Beitrag zu einem gesellschaftlichen Wandel, der schon im Gange war. Angestoßen hatte Luther diesen Prozess nicht, ihn maximal beschleunigt. Zwischen 1518 und 1521 erkannte er, dass es nicht schaden kann, sich zu bewegen. Wer seinen Standpunkt aus eigener Überzeugung verändert, kann sich trotzdem treu bleiben. Dadurch wurde er zum Reformator. Als ihm der Papst im Dezember 1520 schriftlich die Reichsacht androhte, Luther also ausbürgern und abschieben wollte, tot oder lebendig, warf der Wittenberger im Beisein vieler Studenten den Brief ins Feuer. Martin Luther, damals 37 Jahre alt, solidarisierte sich mit den Weltveränderern.

Das hohe Tempo der Reformation ging ihm zwar manchmal gegen den Strich und veranlasste ihn zu zornigen Kommentaren, nicht nur über Katholiken und Humanisten, sondern auch über Juden und Muslime, über Täufer und Frauen. Unterm Strich bestärkten seine Auftritte die Menschen aber darin, christliche

Werte neu zu verhandeln und sie statt auf rein institutioneller Ebene auch persönlich zu verorten. Was Luther 1517 keineswegs beabsichtigt hatte. Dieser Widerspruch in seiner Person bleibt. Er macht ihn menschlich. Luthers Leistung bestand darin, dass er die Sinnsuche der Bevölkerung statt mit einer christlichen Lesart mit vielen christlichen Lesarten zulassen konnte, wenngleich widerstrebend. Trotzdem probierte er es selbst aus. Als Philipp Melanchthon ihm vorschlug, die Bibel ins Deutsche zu übersetzen, reagierte Luther zunächst skeptisch. Dann stimmte er zu – und landete einen Bestseller.

Chefsache Reformation: Kaiser Karl V.

Martin Luther lebte überzeugend vor, welche Kraft von dem neuen individuellen Ausdruck des Glaubens vor 500 Jahren ausging. Christlich sozialisierte Menschen wurden motiviert, ihren Alltag nicht mehr an den Deutungsmustern der Kirche auszurichten, sondern selbst zu gestalten. Das Papsttum war für sie ein veraltetes Konzept. Das verstand sogar der Kaiser – und er sah es genauso! Ihn zu erwähnen, passt zum Schluss dieser einleitenden Geschichte.

Kaiser Karl V. war für Reformen! Seine Überzeugung fand jedoch ein völlig anderes institutionelles Echo als Luthers. Man könnte auch sagen: Es hat die Menschen nicht erreicht. Der Kaiser war und blieb der Kaiser – und damit sowohl unnahbarer als auch den Traditionen und Aufgaben der Familie Habsburg verpflichtet. Es gelang ihm nicht, das katholische Bekenntnis so aufzufrischen, dass sich die gesamte Bevölkerung (wieder) damit identifizierte.

Karl war jung. Für die Reformation war er zunächst noch zu jung. Als 15-Jähriger wurde er König von Spanien und regierte damit auch dessen Eroberungen in Mittel- und Südamerika. Sechs Wochen vor seinem 19. Geburtstag starb Karls Großvater, von dem er den österreichischen Habsburgerthron erbte. Viel Verantwortung für den jungen Mann. Doch es kam noch dicker, er wurde zum deutschen Kaiser gewählt und setzte sich dabei gegen Mitbewerber aus Frankreich und England durch. Damit rückte zu Beginn des Jahres 1521 Luthers Theologie auf Karls Agenda. In Worms in Rheinland-Pfalz versammelten sich die Reichsstände: Bedeutende Landesfürsten, wichtige städtische und kirchliche Vertreter. Die Reformation war nicht das alleinige Thema des Reichstags, aber sie bestimmte die Schlagzeilen und Debatten im Volk: Was wird mit Luther? Der Papst konnte mit dem Reformator keinen kurzen Prozess mehr machen. Jeder, den er losschickte, wurde vom Volk gestoppt, eingeschüchtert und kapitulierte. Der Kaiser sollte nun ein Machtwort sprechen. Doch Luthers Lobby wuchs täglich. Zu seinen Unterstützern gehörten auch Mitglieder des Reichstags, darunter Kurfürst Friedrich der Weise von Sachsen. Weil er einer derjenigen sieben wahlberechtigten deutschen Fürsten war, die Karl bei der Kaiserwahl ihre Stimme gaben, verdonnerte Friedrich den jungen Kaiser dazu, Martin Luther nach Worms einzuladen und anzuhören, ehe er ein Urteil fällte und die Reichsacht aufhob oder beibehielt.

Friedrichs Druck wirkte. Karl lud ein und Luther kam. Er schwankte zwischen Angst und Hoffnung: Wenn der Papst die Kirche schon nicht reformierte, vielleicht würde der junge Kaiser Änderungen anordnen! Karl musste Luthers Bekenntnis nicht Beifall klatschen, zumindest aber den Papst und sein Gefolge an Christi Gebote erinnern, den Ablasshandel beenden und die Budgets für Feste und protzige Paläste streichen. Sonst war die Glaubwürdigkeit der Kirche zum Teufel.

Luthers Gedanke war gar nicht so abwegig. Karl V. hatte den Gesinnungswandel in seinem Reich bemerkt. Wie selbstbewusst seine Fürsten geworden waren und wie abhängig der Kaiser von ihnen war, zeigt das Beispiel Friedrichs des Weisen. Der ließ sich nichts vorschreiben. Daher gab der junge Kaiser gleich nach, aus Respekt vor dem Fürsten, vielleicht auch aus Interesse an Martin Luthers Sicht. Die schien ja zu funktionieren. Kurfürst Friedrich war nicht der einzige Reformations-Fan. Was hatte Luther, was er, Karl, nicht hatte?

Der Kaiser konnte nur mit den Fürsten regieren. Dass es schwer werden würde, zu einer Einheit des Reichs zurückzukehren, zeichnete sich ab. Ohne eine Einheit würde seine Herrschaft wackeln. Ein Kompromiss musste her. Erstaunlicherweise war Karls Idee von der Erneuerung der Gesellschaft durch eine starke, reformierte katholische Kirche, von Luthers Standpunkt 1517 gar nicht so weit entfernt! Weil sich die Kirche aber lange gar nicht bewegt hatte, die Anhänger Luthers dafür umso heftiger, waren 1521 beide Seiten nicht mehr bereit, zu verhandeln –, sondern auf Krawall gebürstet.

Aussage gegen Aussage

Über Martin Luthers Auftritte vor dem Wormser Reichstag gibt es meterweise Bücher. Kurz gefasst machte der Wittenberger seine Sache gut. Bei seiner ersten Rede ließ er sich vom Publikum noch einschüchtern, die geballte Macht des Reiches musste erst mal verdaut werden. Wer vom Dorf kommt und plötzlich vor die Vereinten Nationen geladen wird, bekommt unter Garantie auch feuchte Hände und Herzrasen. Ähnlich dürfte sich Luther gefühlt haben. Mit gesenktem Kopf kehrte er in seine Unterkunft zurück, ging in sich, beriet sich mit Unterstützern und straffte seine Haltung für Tag zwei. Diesmal hielt er eine energische Rede für die Sache der Reformation und machte klar, dass er nicht einknicken würde. Taktisch klug: Er berief sich auf Gottes Wort als Basis seines Handelns. Das stellte sicher, dass niemand widersprach. Dieselbe Begründung wählte allerdings dann auch der Kaiser, ungeachtet dessen, dass Luthers Rede ihn und die anderen Mitglieder des Reichstags enorm berührt hatte.

Beide, der Kaiser und der Mönch, beharrten aus unterschiedlichen Gründen auf ihrer Position: Luther hing an der Heiligen Schrift, Karl zusätzlich an den Traditionen der Habsburger. Den jungen Kaiser verpflichtete seine Herkunft, Martin Luther der Wille Gottes. In Worms stand Aussage gegen Aussage. Der Kaiser hatte das mächtigste Amt inne, Luther das Volk auf seiner Seite. Der 21-jährige Karl war neu im Amt und hatte nichts vorzuweisen, was sein Entgegenkommen gerechtfertigt hätte. Er wollte seine Macht lieber erst festigen, bevor jemand die Rolle von staatlicher Herrschaft neu regeln würde. Schon gar kein Kirchenmann. Der Kaiser weigerte sich, Luthers Reichsacht aufzuheben.

Karl hatte den Saal direkt nach Luthers mitreißendem Appell verlassen. Ob man seine Position in den vergangenen 500 Jahren deshalb so wenig würdigte? Ihm widerstrebte eine ungebremste Revolution des Volkes und der Landesfürsten, seine Idee war die einer behutsamen, funktionalen Reform seines Reiches. Die Haltung der »Protestanten« war ihm zu radikal, eine Rückkehr zum festgefahrenen Papsttum zu riskant. Wie reagierte Karl V.? Gar nicht. Er ließ Martin Luther zurückkehren nach Wittenberg und unterschrieb das Papier, das die Reichsacht bestätigte und Luther quasi für jedermann zum Abschuss freigab, Wochen nach dem Wormser Reichstag. War er zu beschäftigt oder fürchtete er die Konsequenzen, die Luthers Tod hätte bedeuten können? Schon lebendig war dieser Martin schließlich ungemein medienpräsent!

Prompt macht er Anfang Mai 1521 wieder Schlagzeilen: Luther war entführt worden! Dahinter steckte eine Inszenierung Friedrichs des Weisen. Sachsens Kurfürst wollte auf Nummer sicher gehen, dass sein euphorisierter Medienstar nicht doch noch Opfer eines – echten – Anschlags werden würde. Er brachte ihn einige Monate auf der Wartburg in Eisenach in Sicherheit. Martin Luthers Wittenberger Kollegen sorgten inzwischen für eine solide Öffentlichkeitsarbeit und verbreiteten Luthers Theologie.

26 Jahre später revanchierte sich Karl V., gereift, machtgestärkt und seinerseits medienerfahrener, mit einer Inszenierung: Nachdem er und seine katholischen Verbündeten 1547 den Religionskrieg gegen die protestantischen Fürsten des Schmalkaldischen Bundes gewonnen hatten, wurde ihm die Stadt Wittenberg kampflos übergeben. Karl nahm sie ein und stattete Martin Luther einen Besuch ab, an dessen Gruft in der Schlosskirche. Fast ein Jahr war seit dem Tod des Reformators vergangen. Der Kaiser und der Mönch waren sich nach Worms nie wieder begegnet. Es existiert die Geschichte, dass Karl an Luthers Grab von Umstehenden aufgefordert wurde, das Skelett des Toten zu verbrennen als Rache dafür, dass Luther ihm die Reformation eingebrockt hatte. Denn obwohl der Krieg gewonnen war, zeichnete sich eine dauerhafte konfessionelle Spaltung Deutschlands ab.

Karl beließ Luthers Grab, wie es war. Seine Reaktion war zwar keine Verneigung vor Luthers Leistung, aber eine Geste, die von Respekt zeugte.

Möglich, dass diese Episode ähnlich wie Luthers Thesenanschlag nachträglich überdeutet wurde. Zuzutrauen ist sie dem Kaiser allemal!

Mensch, Martin!

Als sich der Wittenberger Mönch 1517 in einen gewaltigen Modernisierungsschub einklinkte, bestimmte ihn das selbstbewusst gewordene Bürgertum zur Projektionsfläche. Medien trugen zur Verbreitung seiner Thesen bei, Kollegen entwickelten unter der Leitung Philipp Melanchthons daraus ein seriöses Programm, das Luther wiederum publizistisch aufgriff. Gegenwärtig sind weder Ablass noch Teufel Themen, die uns bewegen. Umgekehrt machen wir uns von Gott Vorstellungen, die Luther nicht begriffen hätte – oder naheliegender zornig zurückgewiesen – weil sie nicht theologisch begründet sind. Die Verweltlichung der Gesellschaft lehnte er ab.

Luther steht in seiner Zeit am besten da. Seine Thesen mit heutigen Maßstäben zu bewerten, ist trotzdem produktiv. Er setzte dem Zeitgeist den zeitlosen Wert der Beziehung zwischen Mensch und Gott entgegen. Er gilt 500 Jahre nach der Reformation auch für Menschen, die mit der Institution Kirche wenig oder nichts mehr anfangen können. Ein Zustand, der für Luther unhaltbar war. Der Mensch Martin ist vorgestrig, doch seine Methode bewegt nach wie vor jeden, der sich Sinnfragen stellt. Der Humanismus verschaffte dem protestantischen Bekenntnis einen Wettbewerbsvorteil, die Fähigkeit, sich neu zu erfinden und kritisch zu reflektieren. Die gab es in der katholischen Kirche damals nicht. Den Gegensatz zu schärfen war kein Verdienst Martin Luthers, sondern ein positiver Nebeneffekt, den das Wittenberger Reformatorenteam wirksam streute. Die

Werte, die sich aus Reformation und Humanismus ergeben haben und die ein Jahrhundert später in die Aufklärung mündeten, prägen Europa bis heute. Unsere Definition von Freiheit und Menschenwürde leitet sich davon ab.

Die Lage der Menschen in Europa damals ist unserer Situation 500 Jahre danach gar nicht so unähnlich! Unsere Gesellschaft ist in hohem Maße verweltlicht. Das ist nicht negativ gemeint, daraus ergeben sich eine Vielzahl Möglichkeiten und Chancen. Bürgerrechte, die jedem Mann und jeder Frau zustehen, sind staatlich garantiert, geschützt und gesellschaftlich anerkannt. Bildung zählt zu den wichtigsten Aufgaben, die eine Regierung umsetzen und finanzieren muss. Trotzdem sind viele Menschen skeptisch, was ihre Zukunft betrifft. Die Kirche ist in ihrer Bedeutung geschrumpft und kann ihren werteschöpfenden Anspruch nicht mehr erfüllen. Im Kontrast dazu steht die Glaubenspraxis unserer multikulturellen Gesellschaft. Andere Religionen stehen doch auch stabil, warum wir nicht? Die historische Aufgabe wiederholt sich: Den Wunsch nach Struktur hat jede Generation überall auf der Welt. Egal in welchem Verhältnis Gesellschaft und Herrschaft stehen, jemand muss für Ordnung im Staat sorgen, die Welt erklären und Angebote machen, die die Menschen erreichen. Zu ihrer Zeit.

Ein Christ folgt seinem gesunden Menschenverstand

Das ist so ein altmodisches Wort. Gesunder Menschenverstand, das sagt doch keiner mehr. Ich tue mich mit dem Begriff schwer, aber noch schwerer ist es, eine moderne Formulierung zu finden, die dasselbe aussagt. Bauchgefühl trifft es nicht, weil die Wissensebene fehlt. Soziale Intelligenz klingt mir zu verkopft. Dann vielleicht: Wahrheit. *Leonie, 14*

Diese Aussage ist noch keine echte These, sie leitet Martin Luthers 95 Thesen als sogenannte Präambel ein. Er tritt als Verfasser auf und sagt, was er will. Der Satz lautet vollständig: »Aus Liebe zur Wahrheit und in dem Bestreben, diese zu ergründen, soll in Wittenberg unter dem Vorsitz des ehrwürdigen Vaters Martin Luther, Magisters der freien Künste und der heiligen Theologie sowie deren ordentlicher Professor daselbst, über die folgenden Sätze disputiert werden. Er bittet die Professoren, die nicht anwesend sind und mündlich mit uns debattieren können, dieses in Abwesenheit schriftlich zu tun.« Luthers Präambel endet mit dem Satz: »Im Namen unseres Herrn Jesu Christi, Amen.«

Martin Luther verhält sich sehr korrekt. Er übernimmt die Verantwortung für die Inhalte seiner Thesen, erklärt, an wen sie sich richten und was er damit bezweckt. Indem er seine Funktion als Hochschulabsolvent sowie seine derzeitige Tätigkeit als Professor für Theologie anführt, drückt er aus: Ich bin vom Fach! Ich weiß, worüber ich schreibe. Stimmte ja auch.

Luther hat sich gewünscht, die Wahrheit öffentlich zu diskutieren. Das sollte an der Wittenberger Universität passieren, einem Ort, der Wissen vermittelt und prüft. Wissen und Wahrheit im Sinne von Erfahrungen addieren sich zum gesunden Menschenverstand. Beides nimmt zu, je älter man wird und je aufgeschlossener man ist, dazuzulernen. In einer Prüfung an der Uni würde ich voraussetzen, dass mein Professor nicht nur mein Wissen abfragt, sondern sich dafür interessiert, wie ich zu einem Thema stehe. Das sah Luther genauso. An die Uni kommt man nur, wenn man bereit ist, dazuzulernen. *Jannis, 13*

Martin Luther wollte die Wahrheit ergründen. Das Evangelium war seine theologische Wissensgrundlage. Seine Gotteserfahrungen und sein Glaube entwickelten sein Verständnis von Wahrheit ebenfalls weiter. Die Bereitschaft, zu lernen, steckt in dem Wort ergründen. Luther ging davon aus, dass Gott im Leben jedes Menschen anders wirkte, dass aber alle Christen eine gemeinsame Wahrheits-Basis hatten: Werte. Ein solcher war die Freiheit, die Gott einem Christen schenkte. Dadurch ging Luther auf, dass er weder einen Standpunkt vollständig ablehnen, noch seine eigene Lesart als universal gültig anbringen konnte. Mit dem Verhalten der Papstkirche war er nicht einverstanden. Genauso wenig würde der Papst aber seinen, Luthers Standpunkt leiden können. Die 95 Thesen waren ein Angebot, die Wahrheit zu ergründen. Ein fairer Deal, in dem Luther von denselben Voraussetzungen auf beiden Seiten ausging. So wie er es von den Diskussionen an der Universität, an der er lehrte, gewohnt war und erwartete.

Ehe er der Welt sinnstiftende Erneuerung der Welt ankündigte, musste er den Menschen die Chance lassen, sich mit ihr vertraut zu machen. Luther formulierte seine Thesen aus dem Bauch heraus, doch er verwies auf für alle nachvollziehbares Wissen aus der Bibel. Ergründen, was wahr ist. Heißt: Sich das Evangelium aufschließen. Die Freiheit dazu war da!

Das ist elegant formuliert und sicher überdeutet es Luthers Absicht maßlos, so rhetorisch sensibel war der Hitzkopf aus Wittenberg nicht. Vielleicht hat ihm sein gesunder Menschenverstand bei der Einleitung der Thesen die Feder geführt!

Wir haben die Aussage geprüft. Das war schwieriger als gedacht und fühlte sich an wie wissenschaftliches Arbeiten! Unser Fazit lautet: Die Behauptung trifft zu, wenn folgende Bedingungen erfüllt sind:

- Gesunder Menschenverstand wächst mit, solange ein Mensch lebt. Das Tempo und den Grad bestimmt der Mensch selbst. Er muss das immer wieder wollen.

- Erziehung und Werte sind die Basis dafür.

– Gesunder Menschenverstand ist gleichzeitig ein Bildungsbegriff. Und Wahrheit ist dessen neutralere Formulierung. Sie meint die Fähigkeit, die Lage einzuschätzen. Man muss mit dem Thema vertraut sein, über das man urteilt. Entweder aufgrund von Wissen oder infolge von Erfahrungen. Oder von beidem.
– Gesunder Menschenverstand ist abhängig vom Herkunftsland bzw. der Kultur. Wo wir leben und wie wir erzogen wurden, beeinflusst unser Urteilsvermögen. In Deutschland gilt die These auf jeden Fall, dass ein Christ seinem gesunden Menschenverstand folgt. Weil unsere Gesellschaft von den Werten der Reformation geprägt wurde und dadurch Bildung einen hohen Wert hat.

Sarah, Leonie, Sebastian, Jannis

Ob ein Mensch immer bei der Wahrheit bleibt, ist Erziehungssache. Christliche Werte vermittelten nicht nur Familien, die der Kirche angehören. Dass es einem Christen leichter fällt, die Wahrheit zu sagen, kann natürlich sein. Weil er die Zehn Gebote kennt, und somit Gebot acht, das heißt: »Du sollst kein falsches Zeugnis reden wider deinen Nächsten.« Nicht lügen. Aber lügt nicht jeder Mensch, wenn es ihm Vorteile bringt oder ihn interessant macht? Realistischer ist, dass, wer mit christlichen Werten erzogen wurde, schneller zugibt, gelogen zu haben. Weil er sein Verhalten vielleicht stärker reflektiert. Auch dazu muss man inzwischen nicht mehr zwingend Mitglied der Kirche sein.

Wahrheit hat mit Wiedererkennung zu tun. Wiederholt sich eine Situation, begegne ich ihr souveräner. Ich reflektiere sie umfassender, reagiere schneller und kann Erfahrungen, die ich zuletzt gemacht habe, anwenden. Das ist für mich Wissen. *Sebastian, 14*

Der gesunde Menschenverstand reagiert zuerst emotional auf unsere Umwelt. Das Ergebnis kann heftig sein. Wissen gleicht das Bauchgefühl aus. Martin Luther bewies zunächst ein Gespür für seine Umwelt, nämlich die Stimmung in der Gesellschaft, als er die Thesen aufschrieb. Dann bat er höflich um ein theologisches Grundlagengespräch mit Professoren der Universität. Aus der Liebe zur Wahrheit und in dem Bestreben, diese zu ergründen. Das war eine enorme sachlich-vernünftige Strategie für den ansonsten impulsiven Geistlichen Martin Luther!

Gesunder Menschenverstand ist eine Form, mit Wahrheit umzugehen. Höflich oder zurückhaltend zu sein, transportiert diese Form des Ergründens gut. Sie macht es anderen leichter, einzusteigen.

Jannis, 13

Ein Christ folgt – auch 500 Jahre nach der Reformation noch – seinem gesunden Menschenverstand. Die Wissensbasis ist eine andere, weniger theologische. Die Werte sind dieselben: Der Mensch respektiert andere und stellt sie nicht bloß. Er setzt seine Interessen nicht gewaltsam durch, wenn sich abzeichnet, dass andere belastet werden. Er reflektiert, was er gelernt hat oder aus seinem gesellschaftlichen Umfeld kennt.

Ich weiss, was sich gehört. *Sarah, 13*

Die Aussage trifft auch dann zu, wenn eine Person nicht Mitglied der Kirche ist. Denn sie oder er lebt in einer Gesellschaft, deren Traditionen christlich geprägt sind. Unsere Werte sind wahr, indem sie gelten. Sie sind überprüfbar, etwa durch Grundrechte und Gesetze. Sie sind anerkannt und verbindlich. Sie beeinflussen unser Urteilsvermögen. Manchmal mehr, manchmal weniger. Es gibt Menschen, die lassen sich stärker von emotionalen Erfahrungen leiten, und Menschen, die eher auf Grundlage ihres Wissens urteilen.

Heutzutage ist Letzteres verbreiteter. Gesunder Menschenverstand ist auch für mich eher ein Bildungsbegriff. Er beeinflusst mein Verständnis von Wahrheit anders als zu Luthers Zeiten. In unserer Gesellschaft geht es viel um Wissen. Dadurch vergessen wir manchmal, wie wichtig emotionale Erfahrungen sind. Wissen kann man nicht unbegrenzt vermehren, aber der gesunde Menschenverstand wächst ein Leben lang mit. Wissen wächst in die Höhe, Wahrheit wächst in die Breite. Der Mensch ist die Summe seiner Erfahrungen. Ohne Werte keine Erfahrungen. Ohne Erziehung keine Werte. Ich würde das ergänzen durch Begegnungen. Ohne Begegnung kein Gemeinsinn.

Leonie, 14

Martin Luther war theologisch gebildet, reagierte sehr emotional und er hatte Sinn für Gemeinschaft. Er konnte aufbrausend sein und richtig laut werden, wenn ihm etwas gegen den Strich ging. Er ließ sich leicht provozieren. Begeisterte er sich aber für eine Sache, blieb er energisch und wurde anderen ein Vorbild. Sein Kollege Philipp Melanchthon war eher der nüchterne Typ. Er argumentierte hauptsächlich mit dem Wissen, das er sich angelesen oder studiert hatte. Mit der Vernunft statt mit seinem Bauchgefühl. Sonst hätte er kaum ein so funktionales Bildungssystem entwerfen können. Melanchthon hat Luthers Lehre so verallgemeinert, dass sie sachlich und konsensfähig wurde.

Wir in Deutschland begreifen christliche Werte als Gemeinsinn. Das ist unsere Norm. Sie gilt auch in anderen Ländern Europas. Im Englischen wird gesunder Menschenverstand mit common sense übersetzt, das heisst wörtlich Gemeinsinn. Ich mag das Wort. Dahinter stehe ich. Fehlt der Gemeinsinn oder hat er Risse bekommen, müssen wir antreten, die Wahrheit (wieder) zu ergründen. Das ist das Bauprinzip der Reformation. *Sebastian, 14*

Zur Zeit Martin Luthers setzten die Reformatoren ihren gesunden Menschenverstand ein, aus Liebe zur Wahrheit und im Bestreben, diese (neu) zu ergründen. Luther trat ein für die Gotteserfahrung als Motor der eigenen Urteilskraft. Das gebildete Bürgertum und der Humanismus setzten den Wissensanteil herauf, machten Entscheidungen vernünftig und Bildung zu einem wichtigen Wert. Reformation und Aufklärung haben denselben Ursprung. Sie sind die Fundamente unserer Gesellschaft.

Ein Christ muss sich vor niemandem rechtfertigen

Im Bus trifft Frederik seinen Kumpel Alex.
Er setzt sich neben ihn.

Alter, was läuft?

4:1 gewonnen heute. Ist gut gelaufen. Jetzt bin ich am Verhungern. Zu Hause organisiere ich mir erst mal was zu essen. Und dann muss ich noch einen Text für'n Konfi am Dienstag durchlesen und was dazu schreiben. Thema Glaubwürdigkeit.

Du meinst Ehrlichkeit?

Jain. Glaubwürdigkeit ist für mich die Steigerung von Ehrlichkeit. Indem ich ehrlich bin, komme ich glaubwürdig rüber und du kannst mir vertrauen.

Damit ist für mich der Text analysiert!

Schön wär's! Das ist komplizierter. Es geht darum, dass man als Christ glaubwürdig ist. Wir behandeln gerade die Reformation. Martin Luther vertrat den Standpunkt, ein Christ ist kompetent. Also auch glaubwürdig. Davon merke ich heute ehrlich gesagt wenig. Die Jungs in meinem Fußballverein sind in Ordnung, aber wenn ich erwähne, dass ich dienstags zum Konfi gehe, höre ich den Spruch: Freddi und sein Sektentreffen. Wenn ich mich auf die Diskussion einlasse, rechtfertige ich mich. Das fühlt sich komisch an. So – minderwertig.

Die Kritik geht doch nicht gegen dich, sondern gegen die Kirche.

Ich kann das nicht so leicht voneinander trennen. Wenn mein Verein kritisiert wird, weil wir ein schlechtes Spiel gemacht haben, geht die Kritik trotzdem gegen mich. Auch wenn ich an dem Tag gut drauf war und ordentlich gespielt hab. Mich betrifft es.

Mach's doch wie ich: Ich rede nur über meinen Glauben, wenn ich gefragt werde. Ich spreche das Thema nicht von mir aus an, sonst gibt es nur Stress. Das ist wie bei dir und dem Sektentreffen. Die Diskussion will ich mir nicht geben.

Das löst das Problem nicht. Stell dir vor, Martin Luther hätte so argumentiert wie du. Dann wäre die Reformation gescheitert.

Aber Luther hat unterschieden. Er wusste, dass nicht er ein Glaubwürdigkeitsproblem hatte, sondern die katholische Kirche. Zu fordern, dass der Papst und Co. wertemäßig mal wieder gebrieft werden, war realistisch. Die Menschen sahen das damals genauso.

Und heute haben sie keinen Bock mehr. Wie kann es sonst sein, dass die aus meiner Fußballmannschaft Kirche so negativ sehen? Die wundern sich, was ich davon habe, dem Verein anzugehören.

Fußball?

Werte, Mann!

Ein Mädchen in der Sitzreihe vor Frederik und Alex dreht sich zu den Jungs um.

Hi, ich hab euch zugehört. Darf ich dazu mal was sagen?

Du hast mitgekriegt, worüber wir uns unterhalten?
Wie das denn mit Kopfhörern?

Keine Panik, ihr müsst euch nicht rechtfertigen! Ich bin auch in der Kirche. Außerdem ist mein Akku leer und die Musik eh aus.

O.k., dann sag mal.

In meiner Klasse, 9., sind 30 Schüler. Zwei davon sind in der Kirche. Eine sitzt vor euch. Ich bin als Minderheit den anderen suspekt. Das spüre ich. Dabei hat niemand was gegen mich. Es sei denn, das Thema Kirche kommt auf. Dass das so ein Problem ist, verunsichert mich, denn ich laufe weder betend rum, noch habe ich eine Bibel im Rucksack. Ich missioniere keinen. Die Tatsache, dass ich evangelisch bin, was mir eigentlich niemand ansieht, reicht aus, um Spannung zu erzeugen. Aber wenn ihr mich fragt, was ich davon habe, in der Kirche zu sein, würde ich antworten, dass Kirche nicht nur aus Gottesdienst besteht. Es ist eine Gemeinschaft, an die man andocken und sich ausprobieren kann. Ich gebe zu, ich definiere mein Bild von Kirche über meine Gemeinde. Dort gibt es einen Jugendtreff und gute Angebote. Man kann Räume mieten, um zum Beispiel Geburtstag zu feiern oder sein Abi. In der Jungen Gemeinde schauen wir auch mal DVDs an oder Fußball-Länderspiele.

Du machst Witze.

Frag mich doch, welche Rückennummer Mesut Özil hat, du fußballspielender Christ! Die 10!

Stimmt.

Ein Christ muss sich vor niemandem rechtfertigen. Außer, er gerät an jemanden, der keine Ahnung von Werten hat und nicht weiß, woher die kommen. Als Christ setzt man seinen Glauben stärker in Beziehung. Gemeinde ist wie eine Gruppe auf Facebook. Da sind alle aktiv, die dasselbe Thema gut finden. Aber keiner redet nonstop über Jesus und die Bibel, sondern über Schule, Familie und was so läuft. Am besten gefallen mir die Jugendfreizeiten unserer Gemeinde. Da fahren wir als Gruppe zwei Wochen in ein Camp nach Schweden. Wenn ich davon Leuten in meiner Klasse erzähle, fällt denen die Kinnlade runter. Die denken eben, Gemeinde ist nur zum Beten da.

Geht mir genauso. Mich verunsichert dieses Schrägangeschautwerden auch. Deshalb halte ich die Klappe. Ich fühle mich sonst unter Druck gesetzt.

Als Christin oder Christ in der Minderheit zu sein, ist keine schöne Erfahrung. Ihr wisst, dass es weltweit jede Menge Christen gibt, für die das zum Leben dazugehört? Wir sind genervt, sie aber werden regelrecht bedroht, weil sie glauben. Ihr habt vorhin über die Reformation gesprochen. Damals stand es überhaupt nicht zur Debatte, dass man sich als Christ rechtfertigt. Man war Christ. Punkt.

Meine Mum ist ja im Osten groß geworden. Sie hat mir erzählt, dass Familien in der DDR benachteiligt wurden, wenn sie bekennend kirchlich waren. Kinder und Jugendliche wurden deshalb in der Schule gemobbt. Meine Oma wurde von ihrer Lehrerin vor die Klasse gerufen und als sie vorne stand, sagte sie: »Die Sabine glaubt an Gott, jetzt lachen wir alle mal.«

Alter, du machst Witze?

Nicht die Bohne! Das war vor 50 Jahren so. Vielleicht nicht überall und ständig, aber meine Oma hat es erlebt. Ich kann mir vorstellen, dass, wer so etwas als Kind erlebt hat, null Interesse mehr an der Kirche hat. Ich bin nach der Wende geboren. Ihr ja auch. Uns pinkelt der Staat nicht ans Bein, weil wir gläubig sind. Vor 50 Jahren mussten sich Christen mitten in Deutschland rechtfertigen. Die DDR-Regierung wollte nicht, dass sich Kirche und Staat mischten. Kirche galt als rückständig. Um ihre Kinder nicht zu Außenseitern zu machen, verzichteten viele Familien auf eine religiöse Erziehung. Das hat sich so fortgesetzt.

Vielleicht bewerten deshalb viele aus meiner Klasse Kirche negativ. Oder sie machen sich nichts daraus. Aber ich finde, dass auch westdeutsche Jugendliche gleichgültig sind oder die Kirche ablehnen, obwohl ihre Eltern in der Demokratie groß wurden.

Tatsache. Kirche und Staat waren dort genauso getrennt. Im Unterschied zur Reformationszeit gibt es heute nicht mehr nur eine Institution, die meine Werte verwaltet. Für Luther und Co. war Kirche das Nonplusultra. Die Zeiten sind vorbei.

Und Martin Luther hat den Wandel eingeleitet, indem er den direkten Draht des Menschen zu Gott betonte: Mein Glaube geht nur mich und Gott etwas an. Das kam bei der Bevölkerung an, weil sich die katholische Kirche anmaßte, an Gottes Stelle Werte zu formulieren, sich aber dabei immer weiter von der Bibel entfernte.

Das Risiko sahen die Reformatoren auch. Sie bemühten sich um einen Werte-Katalog, der die Freiheit des Menschen nicht einschränkte und ihn gleichzeitig motivierte, sich an Regeln zu halten.

Und die Kirche hat das geprüft!

Ja. Aber anders als bisher, waren die Menschen vor 500 Jahren erstmals kompetent genug, sich selbst zu hinterfragen. Das hat sie enorm beflügelt, sich und ihren Staat zu entwickeln.

Die Menschen lernten, ihr Verhalten selbst einzuschätzen. Was Sinn machte und was nicht. Die Regierung half ihnen dabei, ihre neue Freiheit und das Wissen zu verwalten. Den Auftrag haben Schulen, Unis, aber auch Gerichte und Polizei! Und weil es nun Gesetze gibt und Demokratie, die unsere Werte hüten, hat die Kirche heutzutage ein Glaubwürdigkeitsproblem. Ich hab gehört, dass man sich früher beim Pfarrer Rat holte oder Probleme mit ihm vertraulich besprochen hat. Er ist an die Schweigepflicht gebunden wie ein Arzt. Nur weiß das kaum jemand. Ich wusste das auch nicht. Aber ehrlich: Wer geht heute noch zum Pfarrer, um vertraulich zu reden? Ich rede mit Freunden oder mit meinen Eltern, wenn mich etwas belastet. Wenn die mir nicht weiterhelfen können, gehe ich zum Vertrauenslehrer meiner Schule. Ich halte den Pfarrer trotzdem für kompetent, aber die Wahl zu haben, ist besser.

Christliche Werte sind in unserer Gesellschaft mittlerweile so angekommen, dass sie auch für Menschen gelten, die nicht konfessionell sind. Sie glauben genauso wie wir. Nur ohne Kirche. Dass wir uns dafür rechtfertigen müssen, bekennende Christen zu sein, macht echt keinen Sinn.

Eigentlich doch! Weil wir dadurch die Verbindung zur Basis unserer Werte herstellen, für uns und für die anderen! Nichts anderes geschah mit der Reformation. Damals war die Kirche die erste Adresse für Wertefragen. Aber Glaube und christliches Handeln waren schwammig geworden und der Papst reagierte nicht.

Also hat Martin Luther den Reset-Knopf gedrückt und hinterfragt, was wertvoll ist.

Du hast es erfasst! Leute, ich muss aussteigen. War nett, mit euch zu reden. Ciao!

Ciao! Alter, wir wissen nicht mal, wie sie heißt.
Bist du noch geistig dabei?

Ja. Ich versuche, mir was von dem Gespräch zu merken für den Text, der mich zu Hause erwartet. Also: Ich bin glaubwürdig, wenn ich an meiner Wertebasis dranbleibe. Kirche ist glaubwürdig, wenn sie die Bibel in Bezug zur gesellschaftlichen Wirklichkeit setzt. Indem sie zum Beispiel soziale Angebote macht, die Gemeinschaft fördern.

Damit die Menschen andocken können! Die Interpretation von Gottes Wort braucht eine klare Zuständigkeit. Du kriegst das schon in den Griff, Alter. Bis dann!

Abends schreibt Frederik:

Ein Christ muss sich vor niemandem rechtfertigen. Nach Martin Luthers Auffassung kann man ergänzen: Außer vor Gott. Seine Interpretation von christlicher Identität und christlichen Werten begründete er theologisch. Die Bibel benutzte er als Quelle. Bei meiner Identitätsbildung heute spielt die Bibel eine geringe Rolle. Ich lese nicht in der Bibel. Ich halte mich an Recht und Gesetz. Was mir Luther näherbringt, ist die Haltung: Glaube macht etwas mit dir, also mach was draus. Religion empfinde ich, 500 Jahre nach Luther, als Sinnangebot, das in der Praxis funktioniert, indem man sich mit Gleichgesinnten austauscht. Die Kirche entwirft und verwaltet die Angebote.

Die Werte dahinter, Gemeinschaft, Respekt, Ehrlichkeit, werden von allen Menschen in einer Demokratie geteilt. Dass sie der Kirche angehören, ist keine Bedingung (mehr). Mir aber macht es mein Glauben leichter, glaubwürdig zu sein, wenn es um meine Werte geht. Die Perspektive hilft mir, den Traditionen unserer Gesellschaft auf den Grund zu gehen. Nicht um mich von anderen abzugrenzen, sondern um meine Identität zu kennen. Sonst wird es schwer, Werte weiterzugeben. Wenn ich sage, mein Glaube gehört zu mir, muss ich wissen, was mein Glaube ist. Als Christ fällt mir das möglicherweise leichter, weil ich schneller weiß, wie ich an die Basis komme. Meine Basis ist: Ich lebe in einer Demokratie, deren Gesellschaft christliche Werte - als Erfolg der Reformation - anerkennt. Ich könnte mir vorstellen, dass davon auch der Dialog mit anderen Religionen profitiert. Weil klar ist, wie unsere Werte zustandekommen. Entsprechend kann ich die Werte anderer Kulturen nachvollziehen und sie meine. Die haben statt der Reformation ein anderes Ereignis aus der Geschichte, das für sie wichtig war.

Martin Luthers Erfahrung vor 500 Jahren unterschied sich dennoch erheblich von unserer Situation heute. Ihm ging es darum, dass sich ein Christ nicht vor dem Papst und seiner kirchlichen Obrigkeit rechtfertigen muss. Sondern umgekehrt, dass die Kirche eine Glaubwürdigkeitsoffensive durchläuft. Der Papst war nicht das Maß aller Dinge, sondern Gott. Die Reformation verlagerte die Glaubwürdigkeit weg von der Kirche und hin zur Bibel. Die Bibel sollte jeder lesen und als Christ davon inspiriert werden. Seine Berufskollegen forderte Martin Luther auf, nahe am Evangelium zu predigen.

Indem er die Bibel ins Deutsche übersetzte, sorgte Luther dafür, dass sie nicht mehr nur gebildeten Eliten vorbehalten war, die Latein konnten. Jetzt verstand jeder, worum es ging. Bildung entwickelte sich parallel zur christlichen Identität. Kirche sollte ihren Gläubigen weiterhin Räume öffnen, diese Identität zu erfahren. Ich meine, jeder Christ akzeptiert, dass man seine Identität auch woanders reflektiert bekommt. Die Reformation hat unser Wertesystem entwickelt, demokratisch und modern gemacht. Dadurch ermöglichte sie anderen Institutionen, Kompetenzen zu erwerben.

Der Mensch ist gut und verhält sich richtig

PRO

Das ist eine anspruchsvolle Aussage, die ihr hier trefft: Der Mensch ist gut und verhält sich richtig. Ihr habt recht. Ich hoffe, ihr behaltet recht! Dass ihr so denkt, finde ich wunderbar. Damit ihr merkt, wie viel Leistung hinter dieser These steckt, möchte ich meine Sicht mit euch teilen. Ich mag älter sein als ihr, aber alt aussehen lasse ich euch nicht! Mein Name ist Eleanor, aber ihr könnt mich Nell nennen.

Wenn ich über die These nachdenke, frage ich mich: Wer prüft das, den guten Charakter und das richtige Verhalten eines Menschen? Martin Luther würde antworten: »Gott prüft das!« Bezogen auf seine Zeit, hatte der Reformator recht. Inzwischen ist es schwieriger geworden, die Menschen davon zu überzeugen. Gott zieht nicht mehr als Argument.

Genau wie Luther gab es jedoch immer wieder Personen in der Geschichte, die den Mut hatten, menschliches Handeln öffentlich zu bewerten. Oder vorzuleben, was gutes Handeln für sie bedeutet. Mal waren sie mehr, mal weniger erfolgreich. Eine der besten Vorlagen ist die Allgemeine Erklärung der Menschenrechte, die Menschen weltweit ermutigt und anleitet, gut zu sein und sich richtig zu verhalten. Sie existiert seit 1948. Zwei Jahre Arbeit haben die Frauen und Männer, die der Menschenrechtskommission der Vereinten Nationen angehörten, in das Dokument gesteckt. Ich war dabei. Dafür muss ich mich schon ein bisschen selbst loben, okay? Die Arbeit hat sich gelohnt, weil die Menschenrechte inzwischen in vielen Ländern dieser Welt etwas gelten. Mein Traum ist es, dass sie irgendwann weltweit Standard sind. Helft ihr mit?

Artikel 1 ist der bekannteste Abschnitt. Ich vermute, dass ihr ihn alle schon einmal gehört habt: »Alle Menschen sind frei und gleich an Würde und Rechten geboren. Sie sind mit Vernunft und Gewissen begabt und sollen einander im Geist der Geschwisterlichkeit begegnen.« Abgekürzt wiedergegeben wird Artikel 1 mit: »Die Würde des Menschen ist unantastbar.« Die Struktur der Menschenrechtserklärung, unterteilt in 30 Abschnitte, erinnert mich an Martin Luthers Thesen. Die Form unterstreicht die Forderungen. Die Artikel sind knapp formuliert, damit man sich schnell einen Überblick über den Inhalt verschaffen kann und das Thema im Gedächtnis bleibt.

Was ist der Unterschied zu den 95 Thesen? Der Name Gottes kommt in dem Dokument nicht vor! Hättet ihr das gedacht? Vielleicht überrascht es euch, denn passend wäre es. Gottes Name steht in anderen wichtigen Verträgen oder Verfassungen ganz oben: Gott ist in der amerikanischen Unabhängigkeitserklärung genannt oder im deutschen Grundgesetz. Dort heißt es: »Im Bewusstsein seiner Verantwortung vor Gott und den Menschen, von dem Willen beseelt, als gleichberechtigtes Glied in einem vereinten Europa dem Frieden der Welt zu dienen, hat sich das deutsche Volk kraft seiner verfassungsgebenden Gewalt dieses Grundgesetz gegeben.« Gott und die Menschen sind gleichauf. Auch der Staat sieht sich auf Augenhöhe mit seinen Bürgern. Das finde ich wichtig, wenn man zu gutem Verhalten motiviert werden soll. Je belehrender das rüberkommt, desto weniger Lust hat man, gut zu sein.

Die Menschenrechtserklärung der Vereinten Nationen funktioniert ähnlich. Sie richtet sich nicht an eine Elite, sondern an alle. Das würde zu Martin Luthers Verständnis von Gottes Freiheit für jeden Menschen passen. Stimmt´s? Nein, stimmt nicht ganz. Alle, die keiner christlichen Kirche angehören, blieben ausgeschlossen. Das gilt auch für Menschen anderer Religionen. Doch sie alle haben Rechte. Deshalb fällt Gottes Name in der Erklärung der Menschenrechte gar nicht. Damit sich jeder angesprochen fühlt. Egal, zu welchem Gott er betet. Und damit umgekehrt niemand in Versuchung gerät, Menschenrechte zu missachten, weil er oder sie Religion ablehnt.

»Du sollst den Namen deines Gottes nicht missbrauchen«, heißt es in den Zehn Geboten. Der Konflikt zwischen Martin Luther und der katholischen Kirche eskalierte, weil der Papst genau das tat: Im Namen Gottes handelte er bequem. Indem er sein Handeln als Wille Gottes ausgab, musste er keinen Widerstand fürchten. Dadurch wirkte der Ablasshandel, den der Papst billigte, wie mit Gott abgesprochen. Eine Deutung, die

Martin Luther arrogant und unmoralisch fand. Die Reformation sortierte das Verhältnis zwischen Gott und dem Menschen neu. Der Mensch trug jetzt mehr Verantwortung. Das gefällt mir sehr gut.

500 Jahre später frage ich mich, ob es nicht langsam zum Problem wird, dass wir Werte ansprechen, ihren Ursprung aber unterschlagen. Dass wenn Menschen Autoritäten ablehnen, ihnen auch der Maßstab für richtiges Verhalten abhandenkommt. Versteht ihr meine Befürchtung?

Das Grundgesetz regelt, was der Staat darf und was nicht. Im Gegensatz zu veränderbaren Gesetzen sind die Grundrechte universal festgeschrieben. Als gutes, richtiges Verhalten empfinde ich, wenn der Staat und seine Bürger die Gesetze respektieren, die Menschenrechte einhalten, und jeden, der gegen die Regeln verstößt, darauf hinweisen. Martin Luthers Methode war vergleichbar. Eine von Menschen geschaffene Institution – die Kirche – durfte an der Freiheit eines Menschen nicht rütteln, sondern hatte ihr einen nachprüfbaren Rahmen zu geben. Jeder Christ, der sein Leben an der Bibel ausrichtete, hatte Gottes Zusage, barmherzig, gerecht, auf Augenhöhe behandelt zu werden. Martin Luther umgab sich mit humanistisch orientierten Reformatoren wie Philipp Melanchthon, die den Menschen einerseits mehr Entscheidungsfreiheit einräumten, ihr Leben zu gestalten, die christliche Werte andererseits verbindlich machten. Allmählich entwickelte sich daraus der Gedanke, dass alle Macht vom Volke ausgeht.

Richtiges Verhalten 500 Jahre später aus der Bibel abzuleiten, ist realitätsfern. Demokratie und Menschenrechte sind dennoch erfolgreiche Anwendungen des Humanismus. Sie sind wertvolle Errungenschaften. Wer beides beachtet, gehört zu den Guten. Wie bei einem Gesellschaftsspiel gibt es Teilnehmer, die fair sind. Es gibt Mitspieler, die schummeln. Und solche, die sich ärgern, wenn sie aussetzen müssen. So sind nun mal die Regeln, wenn sichergestellt sein soll, dass sich niemand unter seiner Würde behandelt fühlt.

Dass Menschenwürde, Freiheit, Toleranz, Gleichberechtigung, Gewaltfreiheit und freie Meinungsäußerung in Deutschland heutzutage selbstverständlich sind, ist das beeindruckende Ergebnis eines langen Prozesses. Ereignisse wie die Reformation, die Revolution 1848, das Ende des Zweiten Weltkriegs aber auch die Friedliche Revolution 1989, haben den Prozess geprägt und entwickelt. Selten ist er so sichtbar. Auch in Zeiten, in denen ihr Menschenrechte als selbstverständlich anerkennt und anwendet, gilt: Sie sind es nicht. Dass es sie gibt und Menschen sie einhalten, ist jeden Tag wieder eine Sensation.

Eleanor Roosevelt (1884-1962) sorgte als Vorsitzende der Menschenrechtskommission der Vereinten Nationen dafür, dass die Menschenrechtserklärung zustandekam. Zuvor war die Ehefrau des US-Präsidenten Franklin D. Roosevelt von 1933 bis 1945 First Lady. Sie setzte sich für den respektvollen Umgang der Völker miteinander ein.

CONTRA

Wenn ich über richtiges und falsches Verhalten nachdenke, fällt mir das Stichwort Cybermobbing ein. Im Internet haben die Menschen viele Möglichkeiten. Das ist gut, kann aber auch zum Problem werden, weil es online weniger Gesetze und Verhaltensregeln gibt. Die Nutzer sind anonymer. Ihre Anonymität missbrauchen manche, um sich abfällig über andere zu äußern. Sie werden selten bestraft. Das ist nicht in Ordnung! Wer sich so verhält, ist kein guter Mensch. Gut zu sein, wird in der digitalen Welt unzureichend eingefordert. Das sollte sich schnell ändern, sonst greift es auf unser echtes Leben über. Das Internet spielt eine große Rolle in unserem Leben, deshalb braucht es klare Gesetze.

Jeder siebte Jugendliche zwischen zehn und 18 Jahren ist bereits im Internet beleidigt worden, bilanzierte der Bundesverband der Informationswirtschaft, Telekommunikation und neue Medien 2014. Mehr als die Hälfte der Jugendlichen findet das schlimmer, als im realen Leben geärgert zu werden.

Bei Cybermobbing kann man sich nicht unmittelbar wehren. Statt den Konflikt auszutragen, ist man alleingelassen. Das belastet. Fiese Kommentare im Netz erreichen mehr Menschen als ein Streit im Klassenzimmer. Dort weiß ich sofort, wer den Streit mitkriegt. Im Internet lässt sich das nicht so leicht feststellen. Ein sichtbarer Konflikt ist leichter lösbar. Falls in der Schule jemand gemobbt wird, gibt es klare Zuständigkeiten. Wenn ich das mitkriege, gehe ich entweder selbst hin und helfe, ich berate mich mit Freunden oder ich bitte einen Erwachsenen, zu schlichten.

An eine Entwicklung zum guten Menschen, der sich richtig verhält, glaube ich nur, wenn verbindliche Verhaltensregeln in sozialen Netzwerken eingeführt werden. So was wie eine virtuelle Menschenrechtscharta. Wer anderen bewusst schadet, muss bestraft werden. Die Grundsätze der realen Welt müssen auch im virtuellen Raum gelten. Dass Menschen im Internet nicht richtig zusammenleben, ist kein Grund, sich respektlos zu verhalten. Jeder, der das Internet nutzt, muss andere respektieren. Und niemand kann behaupten, er habe noch nie was von Respekt gehört.

Menschenrechte haben einen christlichen Hintergrund. Eine ihrer Quellen war die Reformation. Wer in Deutschland keiner oder einer anderen Kirche angehört, kann bei den Menschenrechten trotzdem mitgehen. Nur dass die dann nicht sagen, alle Menschen sind vor Gott gleich, sondern alle Menschen sind von Natur aus gleich oder so ähnlich.

Jede Gruppe hat Spielregeln. Aber es gibt überall Mitglieder, die sich nicht daran halten. Deshalb sage ich, der Mensch ist nicht gut, und verhält sich meiner Meinung nach auch nicht richtig, wenn er eigene Regeln macht und andere ignoriert. Wenn er der Meinung ist, gesellschaftlich verbindliche Regeln sind nutzlos und schränken seine Freiheit ein. Oder weil er das Kleingedruckte nicht gelesen hat, ehe er der Gruppe beigetreten ist. Wer ein Wertesystem bewusst missachtet, macht was falsch. Sobald ich mit anderen zusammenlebe, kann ich nicht immer nur mein Ding durchziehen.

Mobbing ist ein Fehler, weil es bewusst verletzt. Lockerer sehe ich, wenn sich jemand aus Unkenntnis falsch verhält, beispielsweise weil er die Sprache nicht spricht oder keine Brille hatte, um das Kleingedruckte zu lesen. Das finde ich nicht so schlimm, das kann man richtigstellen und vermitteln. Eine starke Gemeinschaft ist in der Lage, einem Mitglied Fehler zu verzeihen. Das gilt für die Europäische Union genauso wie für den Sportverein, die Klasse, die Gemeinde. Indem ich fair handle, bin ich ein Vorbild. Andere vertrauen mir. Das motiviert. Wenn ein Mensch mitkriegt, dass durch seine Haltung etwas Gutes passiert, ist der Effekt noch viel wirksamer.

Mobbing und Cybermobbing verstoßen gegen die Spielregeln unserer Gesellschaft. Wer behauptet, er habe noch nie etwas von den Grundrechten gehört und kann sie deshalb auch nicht befolgen, verhält sich nicht nur falsch, sondern dumm. Ein Sprichwort sagt, Unwissenheit schützt nicht vor Strafe. Ein anderes Sprichwort sagt: Es gibt nichts Gutes außer: Man tut es. Das ist von Erich Kästner. Gut sein muss man wollen. *Pit, 14*

Ich bereichere mich nicht auf Kosten anderer. Die Schöpfung gehört allen.

Willkommen zu einer neuen Ausgabe der »Tischgespräche«! Schön, dass ihr bei uns seid! Ich freue mich auf die Gesprächsrunde mit meinen Gästen Frieda, Jasmin, Arved und Robin. Unser Thema heute ist: »Ich bereichere mich nicht auf Kosten anderer. Die Schöpfung gehört allen.« Wir werden dabei auch über die Reformation sprechen. Zunächst aber diskutieren wir die These aus heutiger Sicht. Ich möchte mich noch kurz vorstellen, mein Name ist Sophie, ich moderiere die Runde.

SOPHIE: Die Schöpfung gehört allen. Alle heutigen Gäste haben ein nachhaltiges Projekt initiiert oder begleitet. Ich möchte euch zuerst bitten, dass jeder es in ein paar Sätzen vorstellt.

FRIEDA: Mein Projekt entstand im laufenden Schuljahr. Ich merkte, wie viel Müll jeden Tag bei uns in der Klasse anfällt. Obwohl die meisten Schüler ihr Pausenbrot in einer Brotdose mitbringen, ist immer etwas zusätzlich verpackt. Ein Joghurt zum Beispiel. Oder ein Müsliriegel. Ein Junge hatte sogar seine Brote in der Brotdose in Alufolie eingewickelt. Ich fand: Das reicht jetzt. Ich habe meine Lehrerin gefragt, ob wir einen verpackungsfreien Tag einführen. Ihr gefiel die Idee. Sie hat unsere Eltern angeschrieben, damit sie einmal pro Woche komplett auf zusätzliche Verpackungen in unseren Brotdosen verzichten.

SOPHIE: Hat das sofort geklappt?

FRIEDA: Nein, es vergingen zwei Monate, bis sich alle daran gehalten haben. Dabei war es nur ein Tag pro Woche.

SOPHIE: Wie hast du deine Mitschüler zum Umdenken motiviert?

FRIEDA: Also das lag zum Teil gar nicht an denen, sondern an den Eltern. Die wussten es zwar, haben es aber vergessen. Meine beste Freundin schmiert ihr Pausenbrot inzwischen sogar selbst, weil ihrer Familie der verpackungsfreie Tag sonst noch immer durchrutschen würde. In der Klasse haben wir eine Müllvermeiden-Skala aufgehängt, in die jede Woche eingetragen wurde, wie viele Schüler den verpackungsfreien Tag einhielten. Nach zwei Monaten klappte es bei allen! Und jetzt haben wir schon einen zweiten Tag eingeführt. Das klappte deutlich schneller.

SOPHIE: Soll es in Zukunft so sein, dass irgendwann die ganze Woche verpackungsfrei wird?

FRIEDA: Im Moment motivieren wir unsere Parallelklassen, einen Tag pro Woche mitzumachen. Ich würde mir wünschen, dass sich im neuen Schuljahr die ganze Schule beteiligt. Dass alle Schüler aber die ganze Woche lang komplett ohne Zusatz-Verpackungen auskommen, glaube ich nicht. Ich bin da realistisch und gehe von mir aus: Ich esse total gerne Joghurt und der ist nun mal meistens in Plastikbechern verpackt. Ich kann problemlos einen oder zwei Tage pro Woche auf Joghurt verzichten. Die komplette Woche fiele mir schwer.

SOPHIE: Wäre es ein Kompromiss für dich, den Joghurt in einem wiederverwendbaren Becher in die Schule mitzubringen?

FRIEDA: Na klar! Aber dann müsste er auch zum Abfüllen verkauft werden. Das klappt nicht, weil es ja bestimmte Vorschriften gibt, wonach der Joghurt gekühlt gelagert werden muss, um nicht zu verderben. Ich weiß nicht, wie das mit den Hygienevorschriften bei der Herstellung ist.

SOPHIE: Ich fasse zusammen: Die Schöpfung gehört allen, das bedeutet für dich, Frieda, dass wir bewusst konsumieren, Rohstoffe schonen und Müll vermeiden.

JASMIN: Mein Projekt findet auch an meiner Schule statt. Ich bin Teilnehmerin. Gegründet haben es meine Lehrerin und die Mutter einer Klassenkameradin. Anlass war, dass wir im Erdkundeunterricht besprochen haben, unter welchen Bedingungen Näherinnen in Indien und Bangladesch Kleidung nähen, die dann bei uns günstig verkauft wird. Die Frauen werden schlecht bezahlt und müssen oft sehr lange arbeiten. Wenn sie krank sind, verdienen sie nichts. Es gibt zwar Programme, mit denen Firmen auf faire Herstellung achten können, aber das ist nicht genug. Wir haben gemeinsam überlegt, wie fair unsere Kleiderschränke sind.

SOPHIE: Und was war das Ergebnis?

JASMIN: Dass fast alle aus meiner Klasse mehrere unfair hergestellte Klamotten im Schrank haben. Weil sich die Mode ständig ändert, weil wir nicht so viel Geld haben, um uns teure Teile zu kaufen, und weil wir noch wachsen und die Sachen zu klein werden. Dafür wollen wir dann kein Vermögen ausgeben.

SOPHIE: Habt ihr trotzdem Ideen für nachhaltiges Shoppen entwickelt?

JASMIN: Kleidertauschbörsen und Flohmärkte gibt es ja schon! Wir haben uns überlegt, dass wir ab sofort unsere Kleidung selbst ändern oder ausbessern. Damit sie länger gut aussieht und wir sie länger tragen, zumindest solange sie noch passt. Die Mutter einer Mitschülerin ist Designerin. Sie hat mit uns eine Nähwerkstatt veranstaltet. Wir haben gelernt, wie eine Nähmaschine funktioniert und hatten total Spaß, gemeinsam zu nähen und uns gegenseitig Ideen zu liefern.

SOPHIE: Wie ging es weiter mit dem Projekt?

JASMIN: Meine Schule hat leider keine Räume für einen festen Nähtreff. Also werde ich mich mit ein paar Freundinnen nach einem Raum umschauen. Vielleicht im Mehrgenerationenhaus.

SOPHIE: Wie hat das Projekt deinen Umgang mit der Schöpfung beeinflusst?

JASMIN: Ganz stark. Ich wusste vorher nicht, wie viel Wasser nötig ist, um eine Jeans herzustellen. Das sind 8000 Liter. Wenn ich mir ständig neue Jeans kaufe und die alten wegwerfe, bereichere ich mich doppelt auf Kosten anderer: Ich verschwende Wasser und vergesse, unter welchen Bedingungen die Näherinnen arbeiten müssen. Bewusster Umgang mit der Schöpfung heißt für mich, dass mir das nicht egal ist.

ARVED: Geht mir genauso. Ich fände es gut, wenn Nachhaltigkeit zum Alltagsbegriff wird, mit dem jeder was verbindet. Ich möchte deshalb einen nachhaltigen Gedanken mit euch teilen, den ich anfangs ziemlich krass fand. Doch je länger ich mich damit befasse, desto besser gefällt er mir. Ich frage mich, ob so was in Deutschland umsetzbar wäre: Im Sommer war ich auf einer Freizeit in Schweden. Dort herrscht das Allemansrätt, übersetzt: Jedermannsrecht. Das bedeutet, Wanderer dürfen in der freien Natur zelten. Das kostet nichts. Sogar auf Privatgrundstücken ist Zelten erlaubt, solange man genug Abstand zum Wohnhaus hält, dessen Besitzer vorher fragt und nicht länger als zwei Nächte an einem Ort bleibt. Man darf auch Holz für ein Lagerfeuer sammeln, Früchte pflücken oder Angeln, solange man es nicht übertreibt. Für den Eigenbedarf ist es okay.

SOPHIE: Halten sich alle daran?

ARVED: Ja. Das konnte ich auch kaum glauben. Aber ist echt so! Superkonzept. Man entwickelt ein Gefühl dafür, was man wirklich braucht und in welcher Menge. Dass ich mich nachhaltig verhalte, setzt voraus, dass ich weiß, was ich brauche. Und was nicht. Dass andere – fremde – Menschen ihre Ressourcen mit mir teilen, war eine tolle Erfahrung.

SOPHIE: Du hast überlegt, ob ein Jedermannsrecht in Deutschland umsetzbar wäre. Was schätzt du?

ARVED: Ich bin skeptisch, weil wir ziemlich eigentumsorientiert sind. Wenn plötzlich ein Wanderer in meinem Garten steht, zelten und Äpfel von meinem Baum pflücken will, würde ich mich fragen: Gehört mein Garten allen? Wenn ich die Schöpfungsthese bejahe, müsste ich damit leben. Mein Garten ist Teil der Schöpfung. Vielleicht würde ich eine Ausnahme machen, weil ich die ganzen Äpfel sowieso nicht alleine esse. Und ich will nicht, dass sie verderben. Mit Zelten hätte ich weniger ein

Problem, solange kein Müll zurückbleibt. Das setze ich voraus, wenn die Schöpfung allen gehört.

SOPHIE: Dass alle wissen, wie sie mit der Schöpfung umgehen?

ARVED: Ich würde es so formulieren: Die Schöpfung gehört allen, solange sie nicht über ihre Bedürfnisse leben und anderen damit schaden.

ROBIN: Das ist ein gutes Stichwort für mein Beispiel. Meine Gemeinde unterhält eine Partnerschaft mit einem Dorf in Tansania und hat dessen Bewohner bei einigen Projekten unterstützt: Einen Brunnen angelegt, eine Stromversorgung aufgebaut, eine Bank gegründet, eine Küche für die Schule gebaut. Alle zwei Jahre fährt eine deutsche Gruppe nach Tansania und geht ein weiteres Projekt an, gemeinsam mit den Leuten vor Ort. Das, finde ich, ist das Wichtigste. Indem wir die Tansanier einbeziehen, besteht kein Risiko, dass wir uns auf ihre Kosten bereichern. Sie wissen am besten, was sie brauchen.

SOPHIE: Dass ich fair bin, setzt voraus, dass ich meine Bedürfnisse kenne. Wenn ich weiß, was ich brauche, merke ich auch, auf was ich verzichten kann. Ich fasse mal zusammen, was ihr als Bedürfnisse genannt habt: Nahrung, Kleidung, ein Platz zum Schlafen, Werte. Den Glauben würde ich hinzufügen. So kriegen wir die Kurve zur Reformation. Martin Luther verlangte, dass die Kirche den Menschen nicht vorschreibt, was sie brauchen und was nicht. Dass die direkte Beziehung zu Gott die Basis zur Erfüllung aller Bedürfnisse ist.

ARVED: Das ist aus heutiger Sicht schwer zu verstehen, finde ich. Indem ich an Gott glaube, fällt mir kein Job in den Schoß und ich kann mir keine Kleidung und kein Essen kaufen.

JASMIN: Stimmt. Aber dein Glaube bildet die Basis für Werte, mit denen du in der Gesellschaft vorankommst. Du weißt, was dir wichtig ist im Sinne von wertvoll. Bildung zählt genauso dazu wie Rücksicht, Toleranz oder Respekt vor der Natur. Ohne Werte würde das Jedermannsrecht doch nicht funktionieren.

ARVED: Da hast du recht. Dann formulierte Martin Luther sowas wie ein Jedermannsrecht auf die Liebe Gottes.

SOPHIE: Genau. Es schafft dieselben Voraussetzungen für mich und meine Mitmenschen, lässt uns aber Spielraum bei der praktischen Gestaltung unseres Lebens.

JASMIN: Das so umzusetzen, ist aber schwer! Weil wir alle schon mal eine Jeans weggeworfen haben, obwohl sie noch in Ordnung war, wetten?

SOPHIE: Vor 500 Jahren gab es noch keine Jeans. Da haben die Leute so gesehen nachhaltiger konsumiert. Aber auch, weil sie nicht über dieselben Mittel verfügten. Martin Luther setzte sich dafür ein, dass jeder christliche Mensch dieselben geistigen Voraussetzungen hatte, seine Bedürfnisse zu decken. Praktisch gab es trotzdem damals schon Arme und Reiche.

FRIEDA: Aber dass man sich die Bedingungen für ein gutes Leben selbst schaffen konnte durch Schulbildung, war auch ein Effekt der Reformation. Und des Humanismus.

ROBIN: Das gilt nach wie vor. Trotzdem schafft es nicht jeder. Liegt das dann am fehlenden Glauben?

SOPHIE: Ich würde eher sagen, das liegt an einer Fehleinschätzung der eigenen Bedürfnisse. Dass wir zu wenig unsere persönlichen Werte prüfen. Was brauch ich eigentlich? Ohne Konsum geht es nicht. Aber der lässt sich doch steuern! Jeder Christ ist eine Filiale Gottes. Der eine macht aus sich einen Großmarkt, der andere einen Tante-Emma-Laden, der dritte einen Weltladen mit fair gehandelten Produkten. Das Prinzip ist dasselbe. Die Gestaltung sucht man sich aus.

JASMIN: Indem ich mich frage, ob ich meine Hose nicht an der Nähmaschine umdesigne, statt eine neue zu kaufen. Die Hose ist vielleicht trotzdem nicht gerade fair hergestellt worden, aber so verwende ich sie zumindest lange.

FRIEDA: Indem ich zwei Tage die Woche den Joghurt weglasse und stattdessen einen Apfel einpacke. Gibst du mir einen von deinem Baum, Arved?

ARVED: Klar! Kannst auch zwei haben.

Geld macht nicht glücklich

Gott, kauf mir doch einen Mercedes Benz. Oh Lord, won't you buy me a Mercedes Benz. Das ist von Janis Joplin. Die Sängerin macht sich in dem Song lustig über die Gesellschaft, in der jeder ein dickes Auto und einen Farbfernseher haben will. Ausser ihr. Das finde ich richtig. Wenn ich mir ganz dringend eine Sache wünsche, würde ich nicht zu Gott beten, sondern überlegen, was ich tun kann oder ändern muss, damit sich mein Wunsch erfüllt. Glauben als Entscheidungshilfe einzubeziehen, finde ich albern. Seinen Besitz sollte ein Mensch selbst regeln, statt eine höhere Macht vorzuschieben. *Mila, 14*

Statussymbole haben die Reformation mit ausgelöst. Martin Luther ärgerte das verschwenderische Wesen der Geistlichen, das der Papst nicht stoppte, sondern toppte. Fairerweise muss man ergänzen: die Päpste. Die Kritik Luthers galt hauptsächlich Leo X., der aus der vermögenden Medici-Familie stammte – gewohnt, dass er bekam, was er wollte, und Geld keine Rolle spielte. In der Luther-Verfilmung aus dem Jahr 2003 ist Leo X. mit dem deutschen Schauspieler Uwe Ochsenknecht besetzt. Er spielt die Rolle gelassen überheblich. Das wird Leo gerecht. In einer Szene steht der Papst vor einem Modell des Petersdoms und schwärmt, die katholische Kirche mit dem Neubau wirksam zu inszenieren, sowie sich ein Denkmal zu setzen. Auch wenn diese Einstellung zu Leo passte, war die monumentale Kirche als Statussymbol nicht seine Idee. Sein Vorgänger, Papst Julius II., kam darauf. Aber Leo X. zog mit und öffnete dem bestehenden Ablasshandel Tür und Tor, um die Finanzen des Vatikans aufzustocken. Martin Luther wetterte nicht nur gegen den ichbezogenen, materiell orientierten Papst. Ihm gefiel noch weniger, dass die Wünsche des Kirchenoberhaupts mit dem Geld der einfachen Bevölkerung finanziert wurden. Dabei mussten die Gläubigen bereits eine Steuer für den Bau des Petersdoms leisten, den Peterspfennig.

Aus Luthers Sicht waren die Päpste theologische Versager. Julius II. tauschte sein päpstliches Ornat bevorzugt gegen eine Rüstung und ließ sich als Feldherr feiern. Leo X. kanalisierte seine Geltungssucht in Festen. Kostspielige persönliche Vorlieben haben sich beide auf dem Amtsweg gleich mit erfüllt. Etliche Bischöfe verhielten sich genauso, darunter der deutsche Bischof Albrecht von Brandenburg. Er kaufte sich einen zweiten Bischofssitz in Mainz. Obwohl das verboten war. Erlaubt war nur ein Amt. Doch der Bischof zahlte gut. Der Papst war zufrieden und drückte angesichts des Verbots ein Auge zu. Das Geld lieh sich Albrecht von der Augsburger Bankiers Fugger. Um seine Schulden zurückzuzahlen, stieg er mit ins Ablassgeschäft ein. Martin Luther frustrierte, dass die Kirche die Gläubigen im Stich ließ. Genauso wie sie Gott im Stich ließ, fand der Reformator. So konnte es nicht weitergehen.

Frei von dem Wunsch, etwas zu besitzen und andere damit zu beeindrucken, ist kein Mensch. Egal welcher Religion er angehört. Vor 500 Jahren bedeutete ein hohes kirchliches Amt Macht. Politisch, wirtschaftlich, gesellschaftlich. Die Grenzen zwischen Kirche und Staat waren fließend. Ein Medici konnte Papst werden. Die Medici waren Unternehmer und durch Stoffhandel reich geworden. Sie profilierten sich auch als Bankengründer und schafften so den Sprung in die Politik – und den Vatikan. Ihr Interesse an spirituellen Inhalten war gering. Die Mitgliedschaft in der Kirche hatte weltliche Ziele.

Parallel koppelten mehrere Fürsten in Deutschland ihre Interessen stärker von Rom ab. In dem Maße, wie sie selbst Werte schufen, Grenzen zogen und Gesetze formulierten, fühlte sich die geistliche Elite unter Druck gesetzt. Sie fürchtete Kontrolle, mehr Rechtfertigung und weniger Rückhalt in der Bevölkerung. Was auch so kam.

Die Reformation setzte Kirche und Staat in ein neues Verhältnis. Der Petersdom in Rom wurde trotzdem gebaut. Bewertet wird er mittlerweile stärker als architektonischer Superlativ denn als päpstlicher Trumpf. Unsere Statussymbole definieren wir heutzutage kirchenunabhängig. Heißt: Was sich ein Mensch leistet, sollte nicht in Zusammenhang mit seinem Bekenntnis stehen. So gesehen hat die Reformation funktioniert. Manchmal geht das Prinzip daneben. 2013 ließ sich ein deutscher katholischer Bischof einen luxuriösen Amtssitz bauen. Das kostete ihn seinen Posten, weil er auch private Wünsche mit öffentlichem Geld finanzierte.

Statussymbole sind Ausdruck wirtschaftlicher Macht. Ob sie glücklich machen, kommt auf die Definition von Glück an. Für Luther bestand das Glück eines Christen darin, von Gott erlöst zu sein. Man musste sich die Erlösung nicht durch einen kirchlich autorisierten Ablass erkaufen. Die Reformation vernichtete ein Symbol päpstlicher Autorität von hohem wirtschaftlichem Wert.

Lennart, 14

Geld macht nicht glücklich, weil Glück ein immaterieller Begriff ist. Glück ist nicht käuflich, ebenso wenig wie es Gottes Liebe bei Martin Luther war. Gott betreibt kein Geschäft mit seiner Liebe, das hat die Reformation klargemacht. Gottes Liebe besaß man als Christ, egal mit welchem Einkommen. Die Denkweise von vor 500 Jahren passt nur nicht mehr zu unserem Leben heute. Für mich ist Glück kein Ergebnis spiritueller Gewissheit. Ich definiere mein Glück selbst. Mein Glaube ist für mich nicht ausschlaggebend, um glücklich zu sein. Gottes Wort löst in mir kein Hochgefühl aus wie bei Luther. Ich kann mir aber vorstellen, dass christliche Werte zufriedener machen. Sie führen dazu, dass man maßvoll mit Geld und Besitz umgeht. Ausnahmen bestätigen die Regel, wie das Beispiel des katholischen Bischofs gezeigt hat.

Anais, 14

Ich bin glücklich, dass meine Familie gesund ist und ich ein gutes Verhältnis zu meinen Eltern und meiner Schwester habe. Statussymbole sind mir nicht wichtig. Es ist schon schön, sich Dinge zu leisten. Das muss man aber nicht extra betonen. Wer ständig darauf abhebt, was er alles hat, ist vielleicht gar nicht wirklich zufrieden. Zumindest kann ich mir das vorstellen. Zufriedenheit ist eine Form von Glück.

Jakob, 13

Ich bin glücklich, wenn ich mir Ziele setze und sie erreiche. Dass ich trotz Schule und Hausaufgaben Zeit für Chor und Leichtathletik habe, macht mich glücklich. Und dass mich meine Familie, Freunde und Lehrer akzeptieren, wie ich bin. Meine Eltern reden mir nicht rein, wie ich meinen Tag gestalte. Dass ich zuerst Hausaufgaben machen soll und dann was anderes. Sie trauen mir zu, dass ich das alleine hinkriege. Das macht mich glücklich, dieses Vertrauen. Schule und was ich später beruflich mache, wird mein persönliches Glück und meine wirtschaftliche Zufriedenheit allerdings beeinflussen. Das Gegenteil zu behaupten, wäre Quatsch. Ich bin der Meinung, wenn sich ein Mensch nichts vornehmen kann, macht ihn das unglücklich. Glücklich sein ist eine Stimmung, aber sie braucht ein Konzept. Das legt jeder für sich fest. Bei Martin Luther bestand es in der Liebe Gottes. Deshalb machte ihn der Ablass so zornig.

Lena, 14

Dass Geld glücklich macht, stimmte früher. Als sich die Bevölkerung ihren Wohlstand hart erarbeiten musste, wie die Generation meiner Großeltern nach dem Krieg. Die waren dann glücklich, sich einen Fernseher kaufen zu können oder im Urlaub ans Meer zu fahren. Materielle Sicherheit ist wichtig. Aber Glück sollte man über persönliche Werte und Beziehungen definieren. Wenn ich nur für mich ein nobles Essen koche, von teurem Porzellan esse und dabei fernsehe, bin ich einsamer, als wenn meine Kumpels vorbeikommen und wir Pizza aus der Schachtel essen. Geld macht satt. Aber soziale Kontakte basieren nicht auf Geld, sondern auf Persönlichkeit. Dass ich Kumpels habe, wir gerne miteinander abhängen, ist ein Wert. Der kommt nicht einfach so. Das ergibt sich daraus, wie man erzogen wurde.

Lorenz, 13

Mich macht es glücklich, Freunde zu haben. Wenn ich ehrlich bin, gehört mein Smartphone zum Glücklichsein, weil ich so meine Freunde immer bei mir trage. Dadurch steuert ein materieller Wert unsere Verbindung. Das geht erst meiner Generation so, früher gab es ja noch keine Handys und man hatte trotzdem Freunde, traf sich und unternahm was. Das machen wir heute genauso, nur dass wir uns per WhatsApp verabreden statt am Telefon oder gleich nach der Schule. Ich empfinde es als Glück, dass alle meine Freunde ein Smartphone haben. Wenn einer von ihnen nur ein normales Handy hätte, würde ich ihm eine SMS schreiben oder ihn anrufen. Das Smartphone ist das einzige Statussymbol meiner Generation. Mir fällt nichts ein, was man sonst braucht. Markenkleidung? Nein. Ein eigener Fernseher? Nein, kann man alles aufs Handy streamen. Ein Computer mit Facebook-Zugang? Nein. Ein Computer ist ein Arbeitsgerät. Facebook hat man auf dem Handy. Mark Zuckerberg, der Gründer des sozialen Netzwerks, hat viel Geld. Aber am glücklichsten wirkte er auf den Fotos nach der Geburt seiner Tochter.

Finn, 14

Geld macht nicht glücklich. Geld garantiert einen bestimmten Lebensstandard. Auch weil die Lebenshaltungskosten stetig steigen. Indem Leistung meinen Verdienst regelt, kann ich zumindest Einfluss nehmen und festlegen, was ich mir leisten will. Denn Geld ausgeben kann auch mal Spaß machen. Aber es macht nicht glücklich. Jeder muss für sich herausfinden, in welchem Maße er oder sie materielle Werte braucht. Wenn es nur darum geht, die Wohnung vollzustellen, muss man an seiner Haltung was ändern. Zu viel Geld lenkt ab. Da muss man schon sehr diszipliniert sein, um bei sich zu bleiben.

Jasper, 16

Ich bin glücklich, mobil zu sein. Dadurch fühle ich mich frei. Dass mich meine Mama fast überall hinfährt, ist auch mein Glück. Dadurch brauche ich erst mal keinen Führerschein zu machen, wenn ich 18 bin. Ohne eigenes Auto nützt er sowieso wenig. Ich brauche jetzt keins. Ich ziehe nach dem Abi zum Studieren in eine große Stadt. Dort fahren U- und S-Bahnen und Mitfahrgelegenheiten gibt's auch noch. Janis Joplin würde Gott heute nicht um einen Mercedes bitten. Das ist kein Statussymbol mehr. Und Gott erfüllt keine Wünsche. Weil ein von Gott geliebter Mensch nach Luthers These wunschlos glücklich ist.

Mila, 14

Wer in einer Gemeinschaft lebt, soll etwas für sie tun

Zusammen überlegen Sophie, Valentin, Hannes, Solveig und Jost, welches Ehrenamt heute zu den Reformatoren Martin Luther und Philipp Melanchthon, sowie zu ihrem Freund, dem Maler und Grafiker Lucas Cranach, passen könnte. Sie führen ein Interview mit ihnen darüber, was Engagement heißt, bringt, und wodurch es zukunftsfähig bleibt.

Martin, Philipp und Lucas, schön, dass ihr euch Zeit für dieses Gespräch nehmt! Das Thema lautet: Wer in einer Gemeinschaft lebt, soll etwas für sie tun. Ihr engagiert euch ehrenamtlich in eurer Gemeinde. Bitte schildert kurz, wie.

MARTIN: Ich leite die Junge Gemeinde. Wir treffen uns wöchentlich und veranstalten Diskussionsrunden, die »Tischgespräche« heißen, hören Musik oder machen selbst welche. Mein Kumpel Johann ist Sänger und Songwriter, wir ergänzen uns gut beim Texten und Komponieren. Die Songs spielen wir zum Teil sogar im Gottesdienst.

PHILIPP: Ich unterstütze Martin bei der Leitung der Jungen Gemeinde, beispielsweise schreibe ich die Elterninfos und berichte im Gemeindekirchenrat, was wir so machen. Falls Martin keine Zeit dazu hat oder unterwegs ist. Darüber hinaus habe ich an meiner Schule eine Hausaufgabenbetreuung ins Leben gerufen, die alle Schüler nutzen können. Und ich engagiere mich als Sprachhelfer im monatlich stattfindenden Kirchencafé international.

Was genau ist dort deine Aufgabe?

PHILIPP: Ich bin ansprechbar, wenn Verständigungsprobleme auftauchen. Im Moment besuchen viele Flüchtlinge das Café international. Einige von ihnen verstehen Englisch, aber nicht alle. Ich helfe beim Übersetzen und bringe ihnen auch deutsche Wörter bei, indem ich alle Gegenstände mit bunten Klebezetteln beschrifte: Lichtschalter, Fenster und so weiter.

Lucas, wir wollen dein Ehrenamt nicht vergessen! Was machst du?

LUCAS: Ich betreue die Website unserer Gemeinde, die ich selbst gestaltet habe. Außerdem habe ich das neue Layout für unseren Gemeindebrief designt.

Was macht das Ehrenamt mit euch?

MARTIN: Ich erlebe die Gemeinschaft mit Gott ganz intensiv, indem ich mich mit meinen Mitmenschen beschäftige.

PHILIPP: Mir liegt der pädagogische Bereich, da sehe ich mich auch beruflich. Andere Menschen zu unterrichten, ist genau mein Ding. Wenn ich dazu beitragen kann, dass alle dieselben Chancen bekommen, erfüllt mich das.

LUCAS: Ich gestalte gerne. Das klingt vielleicht jetzt nicht so hochtrabend wie bei Philipp oder Martin, aber es ist ehrlich. So bin ich. Wenn das, was ich gerne mache und womit ich später mein Geld verdienen will, auch noch nützlich oder gemeinnützig ist – perfekt.

Ein Drittel der Jugendlichen in Deutschland arbeitet ehrenamtlich. Was denkt ihr, hält die übrigen zwei Drittel davon ab?

MARTIN: Fehlende Werte! Ich finde es selbstverständlich, sich zu engagieren. Nur dadurch entsteht Gemeinschaft. Wer das nicht spürt, hat ein Basisproblem.

PHILIPP: Ganz so krass sehe ich es nicht. Unsere Generation steht schließlich unter einem enormen Leistungsdruck. Sobald ehrenamtliche Arbeit den Bildungsweg einschränkt, fällt sie flach. Das liegt nicht daran, dass die Leute aus Prinzip nur an sich denken. Aber sie wollen ja weiterkommen. Es gibt mehr als einen Weg, etwas aus seinem Leben zu machen.

MARTIN: Ohne Werte, kein Weg. Eine Ellenbogengesellschaft lässt zu viele Menschen zurück.

PHILIPP: Ohne Bildung, keine Leistung, keine Entwicklung. So sehe ich das.

LUCAS: Also Jungs, ich empfinde es nicht als Widerspruch, Talente und Zukunftsperspektiven mit der ehrenamtlichen Arbeit abzustimmen. Das hört sich nur leichter an, als es ist. Weil das, was ich selbst brauche, nicht automatisch das ist, was die Gesellschaft braucht.

Kannst du ein Beispiel nennen?

LUCAS: Sich in der Gemeinde zu engagieren, finden viele junge Leute vorgestrig. Weil es sie nicht anspricht oder nicht nachhaltig genug ist. Weil die Kirchenleitung keinen Bock hat auf frischen Wind oder sich damit schwertut, Verantwortung abzugeben. Dabei sind Junge oft viel kreativer und weniger verbissen. Wobei Vereine dasselbe Problem haben. Es gibt eben zu viele Alternativen bei der Freizeitgestaltung. Entweder man sucht sich ein Hobby, das zum künftigen Bildungsweg passt, oder das einen guten Ausgleich vom stressigen Alltag bietet. Dann mache ich zum Beispiel Sport, weil es mich entspannt, während die Jugendfeuerwehr dringend Nachwuchs braucht oder der Gemeinde Betreuer für das Ferienlager fehlen. Aber ich will beruflich nichts mit Kindern machen.

MARTIN: Wieso ist kirchliche Arbeit nicht nachhaltig? Das sehe ich anders. Sie bietet einen riesigen Handlungsspielraum und wir haben enorme Freiheiten, ihn zu gestalten, solange wir unserer Basis als Christen treu bleiben und nicht sofort nur an uns selbst und unsere Vorteile denken. Sondern umgekehrt: Was anderen nützt, nützt auch mir. Diese Aussicht finde ich sehr langlebig. Engagiert bin ich, indem ich mir überlege: Wie soll die Zukunft meiner Gruppe aussehen? Wie kann ich das erreichen?

PHILIPP: Die Einstellung wird sicher von vielen Ehrenamtlichen geteilt, Martin. Auch von solchen, die nicht in der Kirche sind. Ich sehe das Problem eher darin, dass Engagement gesellschaftlich nicht in gleichem Maß wertgeschätzt wird.

LUCAS: Oder dass die Form der Anerkennung nicht mit dem zusammenpasst, was heutzutage gefragt ist.

Was ist eurer Meinung nach heutzutage gefragt?

MARTIN: Nächstenliebe.

PHILIPP: Wissen.

LUCAS: Kommunikation.

Ist doch alles enthalten in gesellschaftlichem Engagement! Wer ein Ehrenamt ausübt, kümmert sich um andere, teilt sein Wissen und teilt sich mit. Wo ist das Problem?

LUCAS: Mir reicht es nicht, wenn ich mich nützlich mache und keiner sieht's. Indem mein Name im Impressum des neu gestalteten Gemeindebriefs auftaucht, fühle ich mich wertgeschätzt. Ich kann nachweisen, dass ich am Computer nicht zocke, sondern mir gute Layouts überlege. Das ist später, wenn ich mal ein Praktikum brauche, unter Umständen eine gute Referenz.

MARTIN: Mir genügt, wenn ich mit meiner Jugendgruppe einen spannenden Abend verbringe, der alle inspiriert. Dafür brauche ich keinen Nachweis. Ich war ja dabei.

PHILIPP: Ach komm, Martin, dir hat die Juleica-Schulung damals doch genauso viel Spaß gemacht! Du hast trotzdem recht, Anerkennung in der Gruppe ist mindestens so wichtig wie Zeugnisse und Stempel.

LUCAS: Total! Das sieht nur nicht jeder Arbeitgeber so! Es gibt genug, die rein auf die Zeugnisse schauen.

MARTIN: Ich sag ja, da fehlt es an der Wertebasis! Warum soll ein Papier besser sein als das Gewissen eines Menschen?

PHILIPP: Weil das Gewissen keine Normen erfüllt. Ich fände daher einen Ehrenamtskatalog gut, der regelmäßig aktualisiert wird, der die gesellschaftlichen Bedürfnisse genauso umfasst wie die Lebenswirklichkeit Ehrenamtlicher und ihren wirtschaftlichen Erfolg berücksichtigt.

Wow! Hast du auch eine Idee, wie die praktische Umsetzung aussehen könnte?

PHILIPP: Sie gibt es schon! Die Juleica – Jugendleitercard – ist eine Form der Anerkennung ehrenamtlichen Engagements in der Jugendarbeit. Sie weist Qualifikationen nach und hat den Vorteil, dass man zum Beispiel Kulturangebote günstiger nutzen kann oder für den Bibliotheksausweis nur den halben Jahresbeitrag bezahlt. Ich finde, das ist ein Ansporn! Ein anderer sind Qualifizierungen oder Seminare, zu denen Jugendleiter eingeladen werden. Dass man von seiner Gruppe persönlich wertgeschätzt wird, gehört natürlich dazu. Aber je mehr Einrichtungen mitmachen, desto größer ist die objektive Wertschätzung des Engagements in der Jugendarbeit. Und desto weiter reicht sie!

MARTIN: Ehrenamtliche Arbeit sollte ehrenamtlich bleiben. Ich will daran nichts verdienen und erwarte mir davon keinen Vorteil. Ich will der Gesellschaft dienen.

PHILIPP: Das tust du trotzdem, Martin! Aber nicht jeder denkt wie du! Es heißt doch: Was nichts kostet, ist nichts wert.

MARTIN: Vom Gegenteil überzeugen denjenigen auch keine verbilligten Bibliotheksausweise. Ich muss wissen, wer ich bin. Dazu brauche ich kein Papier.

Warum hast du dann die Juleica gemacht?

MARTIN: Es war die Voraussetzung, eine Jugendgruppe wie die Junge Gemeinde zu leiten. Dabei ging es um rechtliche Grundlagen und so. O.k., und weil es Spaß gemacht hat, im Team mit anderen Ideen zu entwickeln. Wie wir Jugendarbeit gestalten, schreibt uns zum Glück niemand vor. Das wäre auch noch schöner. Die Menschen gestalten die Gesellschaft, nicht die Gesetze oder die Politik.

Dann stimmt die These doch, dass, wer in einer Gemeinschaft lebt, etwas für sie tun soll?

MARTIN: Natürlich! Weil er das Bedürfnis danach hat.

PHILIPP: Ja, weil eine Gesellschaft ehrenamtliches Engagement braucht, um sich weiterzuentwickeln und ihre Normen zu aktualisieren. Die Basis rockt!

LUCAS: Stimmt, weil im Ehrenamt Dinge möglich sind, die in der Schule, später im Beruf oder in der Politik wichtig werden, wo dann aber vielleicht weniger Zeit dafür ist oder man die Bedingungen erst schaffen muss.

Denkst du an eine bestimmte Struktur?

LUCAS: Das Team. Ich weiß, wie ich es bilde und halte. Ich kommuniziere.

PHILIPP: Ich trage Verantwortung und behandle andere auf Augenhöhe.

MARTIN: Ich fang schon mal an. Dann müssen sich die anderen weniger überwinden, mitzumachen.

Vielen Dank für eure Statements, Jungs!
Wollt ihr noch was loswerden?

PHILIPP: Ich würde mich freuen, die Öffnungszeiten des Cafés international angeben zu dürfen. Jeder kann kommen, auch Leute aus anderen Gemeinden oder von außerhalb!

LUCAS: Kann ich die Website angeben?

MARTIN: Fairerweise möchte ich ergänzen, dass unser Team in der Jungen Gemeinde zuletzt erheblich durch Katharina verstärkt wurde. Sie kocht mit den Jugendlichen, auch wenn wir Gäste bei unseren Treffen haben. Dann ist die Bude richtig voll und sie schmeißt trotzdem den Laden. Ihr Engagement ist ein wichtiger Beitrag.

Die vernetzte Welt ist eine Chance

Hallo. Ich bin Pauline, 13 Jahre alt. Die Geschichte von Maria und Marwa habe ich mir ausgedacht, als es darum ging, dass ich mich zu Migration und Integration äußere. Das waren die Themen, die ich mit der These über die vernetzte Welt verbinde. Ich finde es schwierig, darüber aus der Ich-Perspektive zu schreiben. Leichter fällt es mir, von einer anderen Person zu erzählen. Die Geschichten könnten so passiert sein. Oder sie passieren gerade. Jedenfalls habe ich den Eindruck, Geschichten, in denen Menschen ihre Heimat verlassen und Räume tauschen, wiederholen sich. Sie können jedem passieren. Bewusst oder unbeabsichtigt. Plötzlich fremd zu sein, ist unangenehm.

Dazuzugehören ist wichtig und fühlt sich besser an. Jeder Mensch wünscht sich Gemeinschaft. Das ist für mich die Verbindung zur Reformation.

MARIA

Maria wachte davon auf, dass das Glas der Fensterscheibe vibrierte. Draußen fuhr ein schwerer Wagen vorbei. Vielleicht ein Lieferwagen. Neugierig sprang das Mädchen aus dem Bett und rannte zum Fenster. Doch der Wagen war nirgends mehr zu sehen. Die Sonne hatte um diese Jahreszeit morgens schon eine Menge Kraft. Zu Hause war es langsamer wärmer geworden, später im Jahr. Das merkte Maria auch an den Bäumen. Die waren hier, in der neuen Stadt, schon grün. Und sie sahen anders aus als zu Hause. »Mein Zuhause ist jetzt hier«, sagte Maria zu ihrem Spiegelbild in der Fensterscheibe. Dann machte sie kehrt und lief aus dem Zimmer. Manchmal dachte Maria an ihre Heimat. Heimat. So sagten es die Eltern. Zu Hause war sie jetzt hier. Maria fragte sich hin und wieder, wie es ihr ergangen wäre, wenn sie in der Heimat geblieben wären. Dann wäre sie von vertrauten Gesichtern umgeben. Und von Feldern. Dann müsste sie die fremde Sprache nicht lernen. Maria überlegte, während sie mit dem Waschlappen über die Augen fuhr. Nein, sie musste nicht. Sie wollte! Die neue Sprache klang gut. Die Worte wirkten. Sie freute sich, wenn sie etwas zu jemandem sagte, und derjenige wie erwartet reagierte. Das fühlte sich gut an. Das motivierte sie. Die Menschen hier waren, wie sie, übers Meer gekommen. Um hier zu arbeiten. Um ein besseres Leben zu führen. Maria gefiel ihr Leben jetzt besser, obwohl sie das Dorf und den Hof vermisste. Doch sie hatten nicht bleiben können, das wusste sie von Mutter und Vater. Was das Feuer übrig gelassen hatte, reichte nicht mehr zum Leben. In der neuen Stadt machte Vater eine andere Arbeit als in der Heimat. Aber das machten alle so. Das gehörte dazu. »Frühstück! Zeit für die Schule!«, rief die Mutter von der anderen Seite des Korridors. Maria flitzte los.
»I am coming«, sang sie.

MARWA

Marwa wachte davon auf, dass das Glas der Fensterscheibe vibrierte. Draußen fuhr ein schwerer Wagen vorbei. Vielleicht ein Lieferwagen. Neugierig sprang das Mädchen aus dem Bett und rannte zum Fenster. Doch der Wagen war nirgends mehr zu sehen. Die Sonne hatte um diese Jahreszeit morgens schon Kraft. Zu Hause war es schneller wärmer geworden, früher im Jahr. Das merkte Marwa auch an den Bäumen. Die waren hier, in der neuen Stadt, noch nicht grün. Und sie sahen anders aus als zu Hause. »Mein Zuhause ist jetzt hier«, sagte Marwa zu ihrem Spiegelbild in der Fensterscheibe. Dann machte sie kehrt und lief aus dem Zimmer. Manchmal dachte Marwa an ihre Heimat. Heimat. So sagten es die Eltern. Zu Hause war sie jetzt hier. Marwa fragte sich hin und wieder, wie es ihr ergangen wäre, wenn sie in der Heimat geblieben wären. Dann wäre sie von vertrauten Gesichtern umgeben. Und von Feldern. Dann müsste sie die fremde Sprache nicht lernen. Marwa überlegte, während sie mit dem Waschlappen über die Augen fuhr. Nein, sie musste nicht. Sie wollte! Die neue Sprache klang gut. Die Worte wirkten. Sie freute sich, wenn sie etwas zu jemandem sagte, und derjenige wie erwartet reagierte. Das fühlte sich gut an. Das motivierte sie. Die Menschen hier waren, wie sie, übers Meer gekommen. Um hier zu arbeiten. Um ein besseres Leben zu führen. Marwa gefiel ihr Leben jetzt besser, obwohl sie ihre Straße und den Laden vermisste. Doch sie hatten nicht bleiben können, das wusste sie von Mutter und Vater. Was das Feuer übrig gelassen hatte, reichte nicht mehr zum Leben. In der neuen Stadt machte Vater eine andere Arbeit als in der Heimat. Aber das machten alle so. Das gehörte dazu. »Taeal huna, fitur! Madrasa!«, rief die Mutter von der anderen Seite des Korridors. Marwa flitzte los. »Ich komme«, sang sie.

Zwischen Marias und Marwas Leben liegen 100 Jahre. Marwa lebt heute und ist so alt wie ich. Maria ist, als sie vor 100 Jahren in unserem Alter war, mit ihren Eltern von Deutschland nach Amerika ausgewandert. Ich war mal in einem Museum über Auswanderer. Jeder Besucher bekam als Eintrittskarte den Namen einer Person. Aus mir wurde Maria. Ich bin dann als Maria durch das Museum gegangen und habe mich wie eine Auswanderin gefühlt. Wie eine Migrantin. Komischerweise klingt Auswanderin viel positiver als Migrantin. Ich wüsste gerne, warum das so ist.

Marwa ist ein arabischer Name. Den habe ich ausgesucht, weil aktuell so viele Menschen aus arabischen Ländern nach Deutschland kommen. Maria hat ihre Heimat zu einem anderen Zeitpunkt und aus einem anderen Grund verlassen als Marwa. Ich finde, die Geschichten und Gefühle beider Mädchen sind vergleichbar. Ich wollte zwei Mädchen zeigen, die den Umzug in ein neues Zuhause als Chance sehen. Sie werden davon profitieren, woanders zu leben.

Die vernetzte Welt ist eine Chance. So sehe ich das. Ich kenne sie nur so. Ich kann mir gut vorstellen, andere Kulturen zu treffen oder in einem anderen Land zu leben. Ich finde es auch in Ordnung, dass Menschen aus anderen Ländern in Deutschland leben. Man verliert keine Heimat, indem man sich eine neue erschließt. Man vergrößert sie. Wenn jemand meint, sein Zuhause verloren zu haben, wird er sich bemitleiden und zurückschauen, statt nach vorne. Integration funktioniert aber nur, wenn man nach vorne schaut. Bei Maria und Marwa habe ich versucht, das in der Sprache auszudrücken. Ihre Mütter sprechen beide noch ihre Muttersprachen. Die Töchter verstehen sie, antworten aber in der neuen Sprache. Sprache schließt Menschen auf. Das fühlt sich gut an.

In den USA wurden die Auswanderer vor 100 Jahren bei ihrer Ankunft gefragt, ob sie bereit sind, sich zu integrieren. Das weiß ich aus dem Museum. Sie mussten angeben, ob sie Englisch können. Ob bereits Verwandte vor ihnen eingewandert sind. Und wo sie arbeiten werden. Wie in einem Bewerbungsgespräch. Ein Migrant hat schließlich Pläne für sein Leben am neuen Ort. So weiß jeder, welche Voraussetzungen der andere hat. Integration setzt Interesse voraus. Wenn wir immer davon ausgehen, dass Migranten arm und bedürftig sind und nichts von sich aus auf die Reihe kriegen, frustriert das beide Seiten. Wir gehen dann irgendwann nicht mehr aufeinander zu.

Wenn in Deutschland über das Thema Migranten gesprochen wird, sind meistens Menschen aus Ländern in Südosteuropa oder Nordafrika gemeint, die in ihrer Heimat nicht genug Geld verdienen, um davon leben zu können. Oder weil in ihrem Land Krieg herrscht und sie verfolgt werden. Die sind dann tatsächlich arm. Aber sie haben ja ihren Kopf mitgebracht mit Wissen, Geschichten und Gedanken. Das reicht doch für den Anfang.

Ich habe eine Freundin, Sibel. Ihre Eltern sind in der Türkei geboren und als Kinder nach Deutschland gekommen. Sibel ist Deutsche. Ich hätte auch ihre Geschichte aufschreiben können, aber das fühlte sich komisch an. Weil ich Sibel wirklich kenne.

Maria habe ich nur im Museum kennengelernt und Marwa erfunden. Außerdem ist Sibel nicht ausgewandert. Geht es um die Türken, die schon länger in Deutschland leben und arbeiten, sagt man nicht Migranten, sondern Menschen mit Migrationshintergrund. Denn viele von ihnen haben einen deutschen Pass. Wenn ein Mensch sich für ein Land entscheidet, finde ich es fair, dass sich das Land auch für ihn entscheidet. Ich will auch so behandelt werden, sollte ich mal in ein anderes Land umziehen.

In der Reformationszeit war Integration kein Welt-Thema. Damals fand sie regional statt. Da war der Fremde in Wirklichkeit ein Deutscher, der zum Studieren oder für den Job in eine andere Stadt zog. So wie Philipp Melanchthon. Der kam aus Süddeutschland nach Sachsen. Das ist heute nichts Besonderes mehr, zuletzt war es das vielleicht nach der Wiedervereinigung. Meine Großeltern haben mir erzählt, dass damals Sachsen-Witze gemacht wurden. Weil viele Sachsen in andere Bundesländer gegangen sind. Und davor, als meine Eltern jung waren, gab es Ostfriesenwitze. Und davor wahrscheinlich Witze über eine andere Gruppe, die als Minderheit auf eine Mehrheit traf. Martin Luther hat sich angeblich ja auch einige solcher Aussprüche geleistet. Aber vielleicht aus Rache, weil über ihn als Sachse auch irgendwann einmal Witze gemacht worden waren.

Das Prinzip Begegnung hilft immer weiter, sich Fremdes vertraut zu machen. Die vernetzte Welt ist eine Chance, sich zu begegnen. Je mehr Vernetzung, desto mehr Begegnung. Zu Luthers Zeiten ergab das keinen Sinn, andere Kulturen kennenzulernen. Da war die Welt eine Bedrohung, weil die Vorstellung der Menschen begrenzt war. Amerika war gerade entdeckt worden. Es zog aber nur wenige dorthin. Dann kamen die Türken nach Wien. Was fremd war, verunsicherte die Leute schon damals. Der Glaube gab ihnen die Sicherheit, das Fremde zu bezwingen oder zu überwinden. Daher kommt es, dass die Menschen etwas oder jemand Fremdes jahrhundertlang als minderwertig betrachteten. Bestimmt war Luther nicht der Erste, der sich abfällig über andere äußerte. Bei ihm fiel es auf, weil er so berühmt war. Dass die vernetzte Welt eine Chance ist, hätte Martin Luther so nicht unterschrieben. Das bleibt eine moderne These. Aber wofür sie steht, hat mit der Reformation zu tun: das Wir-Gefühl. Luther war dafür, dass ein Christ klar vorlebt, was ihn ausmacht. Dazu gehörte, Unterschiede zwischen den Menschen abzubauen, etwa den Armen zu helfen. So lange, bis sie von sich aus sagen: Jetzt komme ich aus eigener Kraft klar. Jetzt habe ich das Gefühl, ich gehöre dazu. Bei Gott gehörten alle dazu, die glaubten, nur in der Welt – noch – nicht, fand Luther. Unabhängig vom Aspekt der Religion finde ich, das sollten wir so beibehalten: Menschen einbeziehen, statt sie auszugrenzen. Wer sich für eine Gemeinschaft entscheidet, sollte dazugehören. Wer dazugehört, ist nicht mehr fremd. Dass Maria und Marwa so schnell dazugehört haben, bewirkte die Sprache. Und dass sie jung waren. Wer jung ist, kann Veränderungen besser ab. Durch Sprache entsteht auch ein Wir-Gefühl. Was vor 500 Jahren der Glaube war, sind heutzutage eben andere Gemeinsamkeiten. Die vernetzte Welt ist eine Chance, weil wir ganz unterschiedliche Teams bilden können. Multikulti gab es während der Reformation nicht. Aber weil es die Reformation gab, weiß ich heute, wer ich bin. Ich kenne meine Heimat. Und wie christliche Werte wirken, merke ich, wenn ich woanders unterwegs bin oder mit anderen Leuten spreche. Meine Schwester war bei einer Jugendbegegnung der Kirche in Afrika dabei. Sie sagte, sie habe sich sofort heimisch gefühlt, weil der Glaube die Teilnehmenden aus beiden Kulturen verbunden hat. Glaube wirkt wie Sprache. Er schließt Menschen auf. Auch wenn die Reformation vor 500 Jahren keine internationale Bedeutung hatte, inzwischen hat sie sie. Sie ist gewachsen.

Dass ich heutzutage mit dem Flugzeug schnell in andere Länder reisen kann, ist für mich etwas sehr Positives. Und es ist normal. Ich bin in einer vernetzten Welt aufgewachsen. Durch das Internet, Skype und soziale Netzwerke kann man von überall mit seiner Familie und seinen Freunden in Kontakt bleiben. Man soll aber trotzdem nach vorne schauen und sich auf ein neues Zuhause einlassen. Sonst klappt es nicht mit der Integration. Ob man dabei länger in einem anderen Land lebt oder es nur besucht, sollte kein Vorwand sein, sich nicht zu integrieren. Sonst lernt man nichts und bleibt stehen.

Ich möchte noch erzählen, wie Marias Geschichte ausging. Nachdem sie mit ihren Eltern New York erreicht hatte, lebte sie einige Jahre dort. Sie schloss die Schule ab, machte eine Ausbildung und fand einen Job. Sie nannte sich nicht mehr Maria, sondern Mary. Irgendwann hatte sie einen Freund. Ihn heiratete sie und zog mit ihm aufs Land, nach Long Island. Sie fand dort einen neuen Job. Dann gründeten sie eine Familie. Mit ihren Kindern sprach Mary Deutsch. Aber sie lernten es nicht so gut wie ihre Mutter oder die Großeltern. Sie waren schon richtige Amerikaner. Bei mir in der Schule hieße es jetzt, Maria ist ein gelungenes Beispiel für Integration. Dabei ist ihre Geschichte schon 100 Jahre alt. Marwa wird das Prinzip Begegnung heute anwenden, da bin ich mir sicher. Und falls sie in Deutschland bleibt, stelle ich mir ihre Tochter irgendwann so vor wie meine Freundin Sibel. Sie versteht noch Türkisch, spricht es aber mit deutschem Akzent.

Männer haben immer noch das Sagen

Nachdem sie sich von ihren Mitkonfirmanden verabschiedet haben, bleiben Hannah und Emilia noch im Hof des Gemeindehauses stehen. Hannah zieht ihr Smartphone aus dem Rucksack, tippt etwas ein, dann hält sie es sich ans Ohr.

Hi Mama, ich bin's. Wollte fragen, ob ich noch ein bisschen bei Emmy zu Hause abhängen darf? Emmys Mum würde mich dann heimfahren. O.k.?

Warum?
Also wir müssen nach dem Konfi jetzt ein bisschen chillen. Heute war das Thema zu krass. Es ging darum, dass Männer immer noch das Sagen haben. Oh Mann, dauernd dieses nervige Emanzipationsgelaber. Das war kaum auszuhalten. Wir sind völlig knülle von der Diskussion. So ein Bullshit! Als seien Frauen gegenüber Männern heute noch irgendwo benachteiligt. Wir sind emanzipiert genug. Wir haben das Jahr 2016 und in Deutschland gibt es eine Bundeskanzlerin. Da muss mir niemand was erzählen von wegen, dass Frauen nicht mitreden dürfen.

Wie wir darauf gekommen sind, fragst du?
Na ja, wir behandeln doch gerade die Reformation. Damals ging es los mit der Gleichberechtigung, und nicht nur Martin Luther hat sie durchgezogen mit Katharina von Bora, sondern auch die evangelische Kirche, weil sie Pfarrerinnen und Bischöfinnen gleichermaßen beschäftigt. Priestertum aller Laien und so. Im Gegensatz zur katholischen Kirche, wo es das nicht gibt. Eine Päpstin ist kein Thema. Doch das ist es nicht, was Emmy und mich genervt hat. Schon klar, dass es vor 500 Jahren ein Riesending war, Frauen einzubeziehen, und Mädchen gemeinsam mit den Jungs in die Schule zu schicken. Obwohl ich unsicher bin, ob Luther beim Priestertum aller Laien tatsächlich an die Frauen dachte. Ausdrücklich gesagt hat er es jedenfalls nicht. Zu Luthers Zeit gab es keine Emanzipation. Vereinbarkeit von Beruf und Familie war auch kein Thema, weil die Ehefrau mit den Kindern zu Hause blieb. Aber heute gibt es beides und wir finden, die Ziele sind verwirklicht.

Du siehst das anders?
Ach so, wegen Martin Luther, oder? Nein, der hat sich nicht öffentlich für die Gleichberechtigung von Mann und Frau ausgesprochen. Obwohl ich finde, wenn einer das glaubhaft hätte tun müssen, dann er als Mann. Seine Generation betrachtete die Frau als dem Mann untergeben. Trotzdem war er bereit, seine Ehefrau wertzuschätzen. Er nahm wahr, wie gut sie ihre Aufgaben bewältigte. Ihr, Katharina von Bora, schrieb er jede Menge Briefe, in denen er ihre Qualitäten als Managerin lobte. Sie war multitaskingfähig! Das war heute auch im Konfi dran: Katharina versorgte die Studierenden ihres Mannes im eigenen

Haushalt mit, kochte täglich für zwei Dutzend Personen, behielt gleichzeitig die Finanzen der Familie im Blick und redete ihrem Mann ins Gewissen, wenn er sich zu sehr in seinen Tischreden verstieg. Haha, Emmy sagt gerade, das kommt ihr bekannt vor. Bei ihren Eltern sei es manchmal genauso. Womit bewiesen wäre: Organisationstalent, Kreativität und Disziplin sind Fähigkeiten, die Frauen schon vor 500 Jahren wirksam einsetzten. Katharina von Bora brachte Luther Gleichberechtigung bei. Sie hat ihre Bedürfnisse zur Bedingung gemacht. Und er ging darauf ein. Weil er merkte, dass er dadurch keine Nachteile hatte, sondern dass alle davon profitierten. Das war ziemlich innovativ, gemessen am Standard des 16. Jahrhunderts! Emanzipation ist keine Einbahnstraße. Es geht nicht, dass die eine Seite nur Vorschriften macht und die andere Seite sie abnicken muss. Sonst ist irgendwann einer von beiden frustriert. Den Punkt sehe ich erreicht. Ich sag überhaupt nichts gegen die Emanzipation. Die war wichtig. Mit Betonung auf WAR.

Du findest, Katharina von Boras Selbstbewusstsein sieht man daran, dass sie ihren Mädchennamen behalten hat und auch noch viel öfter so genannt wird statt Katharina Luther. Glaub ich nicht. Sie hing einfach an ihrem schönen Familiennamen. Ich finde cool, dass sie ihn behalten hat, obwohl ihr Mann so berühmt war, und der Name Luther sicher jede Menge Vorteile bedeutete.

Mama, warum hast du deinen Mädchennamen eigentlich nicht auch behalten? Der hätte mir viel besser gefallen als der von

Papa. Echt? Das ging noch gar nicht, als ihr geheiratet habt? Krass. Dabei ist das doch noch gar nicht so lange her. Okay. Ernsthaft? Oma musste Opa um Erlaubnis fragen, dass sie arbeiten und eigenes Geld verdienen durfte? Ohne Witz? Das finde ich heftig. Dann hatten Männer da echt noch das Sagen. Anyway, Mama, inzwischen ist das doch längst nicht mehr so! Ich fühle mich nirgends benachteiligt oder ausgeschlossen, weil ich ein Mädchen bin. Ich weiß, Du wolltest Fußball im Verein spielen, als du so alt warst wie ich, und konntest es nicht, weil es noch keine Mädchenmannschaften gab. Ich glaub dir, dass du megaenttäuscht warst. Auch das ist doch schon lange anders. Und meine Lehrer, vor allem die jüngeren, die so zwischen 30 und 40 Jahre alt sind, verwenden alle die weibliche Form. Wenn sie uns ansprechen, dann als Schülerinnen und Schüler. Sagt die Kanzlerin nicht Bürgerinnen und Bürger, wenn sie irgendwo eine Rede hält? Wusste ich´s doch! Und ihre Kollegen machen es genauso.

Was? Erst seit 1958 sind Männer und Frauen in Deutschland gesetzlich gleichgestellt. Okay. Du musst es wissen, du bist die Juristin. Dann hatte Oma als junge Frau voll Glück, sonst hätte sie gar nicht wählen dürfen. Doch? Ah okay, das Wahlrecht gab es schon vorher. Du findest, das öffentliche Bewusstsein hat die Gleichberechtigung erst nach und nach übernommen, mit jeder Generation ein bisschen mehr. Jo. Kann sein. Die Eltern von Torsten aus meiner Klasse stammen doch aus Dresden. Er sagt, im Osten waren die Frauen schneller und früher gleichberechtigt als im Westen. Keine Ahnung, ob das stimmt. Ich kenne Deutschland ja nur wiedervereinigt. Wenn es so war, fallen mir keine Unterschiede mehr auf. Tatsache ist doch: Frauen gehen dem Beruf nach, den sie wollen. Sogar als Soldatinnen der Bundeswehr. Frauen sind von ihrem Partner finanziell unabhängig. Frauen legen fest, ob und wann sie Kinder kriegen. Sie behalten ihren Familiennamen, wenn sie heiraten. Von mir aus sind das Bedingungen, die für die Frauen in Omas Alter noch nicht galten. Dann hat deine Generation sie entwickelt. Und dass der Staat reagiert hat, hilft uns wiederum weiter. Wir Töchter profitieren davon. Aber das ist doch kein Grund, uns weiter mit der Emanzipationsdebatte zu quälen!

Du bist anderer Meinung? Weil wir sonst einen Schritt zurück machen und die Freiheiten womöglich wieder riskieren?
Das glaube ich nicht! Gleichberechtigung ist doch ein gesellschaftlicher Wert. Den schafft keiner wieder ab! Solange Männer und Frauen gemeinsam dahinterstehen. Von Martin Luther gibt es einen Brief, da steht drin, dass er seine Kinder total vermisst hat, wenn er lange arbeiten musste oder unterwegs war. Dann beneidete er Katharina, dass sie bei den Kindern war. Emmy sagt gerade, ein Kollege ihres Papas geht demnächst in Elternzeit. Ihr Papa beneidet ihn heimlich um die Gleichberechtigung, die er lebt. Sein Chef zieht auch mit. Er akzeptiert das Modell. Siehst du! Gleichberechtigung ist in beide Richtungen in der Bevölkerung anerkannt. Alle Deutschen empfinden es als gerecht, keinen Unterschied zwischen den Geschlechtern zu machen. Männer haben immer noch das Sagen? Falsch!

Ach nein, Mama. Das Gerede um die Frauenquote will ich mir jetzt nicht auch noch geben. Die Emanzipation hat mir für heute gereicht. Die Frauenquote ist sinnlos, o.k.! Warum? Weil sie ein paar einzelnen Frauen den Einstieg in die Führungspositionen großer Unternehmen leichter macht. Indem sie Firmen verpflichtet, Frauen stärker zu berücksichtigen. Die Mehrheit betrifft das doch gar nicht. Und sie hat auch keinen Vorteil dadurch.

Wieso findest du das falsch? Weil in fast allen Berufen die Frauen weniger Geld verdienen als ihre Kollegen? Deshalb müssten mehr Frauen in die Chefetagen, wo Männer noch das Sagen haben, aber wichtige Entscheidungen fallen, zum Beispiel die Löhne und Arbeitsbedingungen aller Angestellten verhandelt werden?
Dafür bringt doch aber eine Quote nix. Dass Frauen weniger verdienen als Männer stammt noch aus der Zeit, als nur Männer höhere Schulabschlüsse machten und Frauen geringer qualifiziert waren. Inzwischen sind Männer und Frauen gleich gut ausgebildet. Papa und du doch auch! Männer und Frauen können den gleichen Job machen. Ich finde, Frauen können nur weniger gut um ihr Gehalt verhandeln, weil sie zu bescheiden sind. Sie sollten sich hinstellen und sagen: Ich mache die gleiche Arbeit wie mein Kollege, also steht mir auch der gleiche Lohn zu.
Die Vorstellung, dass harte schwierige Arbeit nur was für Männer ist, passt doch sowieso nicht mehr zu unserer heutigen Gesellschaft. Die Wirtschaft ändert ihr Denken nicht aufgrund eines Gesetzes. Sondern weil sie von einer Leistung überzeugt ist. Harte Arbeit hat längst nicht mehr dieselbe Bedeutung wie früher. Die klassische Vorstellung bezieht sich auf das produzierende Gewerbe in der Industrie oder im Handwerk. Typische Männerberufe. Das hatten wir in der Schule in Geschichte, beim Thema Industrialisierung. Emmy rollt schon mit den Augen. Jedenfalls haben

der Computer und das Internet doch ganz andere und viele neue Jobs geschaffen. Die Arbeit ist körperlich weniger schwer, dafür geistig anspruchsvoller. Für die neuen Jobs braucht man andere Qualifikationen als bisher. Dafür kommen beide Geschlechter infrage. Dazu passt eine Frauenquote überhaupt nicht, weil man Frauen damit unterstellt, dass sie nur wegen der Quote Karriere gemacht haben. Nicht, weil sie gut sind im Job, motiviert, und dieselben Voraussetzungen mitbringen. Für den Job, den ich will, strenge ich mich an. Aber nicht erst bei der Bewerbung, schon im Studium und beim Abitur. Du warst doch genauso, Mama! Du hast Abi gemacht, studiert und ein Fach mit Aussicht auf einen festen unbefristeten Job gewählt.

Findest du echt, du hast mehr zurückgesteckt als Papa, nachdem ich auf der Welt war? Damals gab es doch auch schon Erziehungsurlaub. Ach so, nicht für die Papas. Hätte Papa das denn mitgemacht? Okay. Und Kitas hatten kürzere Öffnungszeiten? Das wusste ich nicht. Dass die Vereinbarkeit von Beruf und Familie für Mütter und Väter gleichermaßen attraktiv ist, siehst du noch immer nicht verwirklicht. Weil bisher erst die Politik mit Gesetzen darauf reagiert hat, aber die Wirtschaft noch hinterherhinkt. Deshalb müssen sich Frauen aktuell noch zwischen Karriere und Familiengründung entscheiden. Hm. Emmy schaut mich gerade fragend an. Wir sind nicht so skeptisch, dass beides zusammengeht. Oder dass unsere Partner auch für die Familie da sein wollen und Elternzeit nehmen. Wobei: Sina und Leonie aus meiner Klasse sagen deutlich, dass sie überzeugt sind, auch ohne Familie ein erfülltes Leben zu haben. Ist ja jedem selbst überlassen. Die Jungs tragen Gleichberechtigung jedenfalls mit. Wenn deine Befürchtung, dass wir uns rückwärts entwickeln, zutrifft, dann weil Männer immer ungleichberechtigter werden. Ich verstehe, dass Frauen Nachholbedarf hatten bei ihren Rechten. Aber ich finde, sie haben aufgeholt. Mir reicht's. Wenn wir die Männer dauernd mit Quoten nerven, haben sie bald keine Lust mehr, mit uns zusammenzuarbeiten.

Ich muss Schluss machen Mama, bei mir klopft's in der Leitung. Chris ruft an. Sein Dienst in der Klinik ist wahrscheinlich beendet und er will fragen, ob wir noch was machen. Der würde auch abkotzen über das Thema Frauenquote, da bin ich überzeugt. In sozialen Berufen gibt es mehr Frauen. In seinem Ausbildungsjahr gibt es nur drei Jungs. Er hätte sicher kein gutes Gefühl, aufgrund einer Quote eingestellt zu werden. Er will durch Leistung überzeugen. Nicht dadurch, dass er ein Mann ist. Emmy schmeißt sich grad weg vor Lachen. Ja, Mama, ich denk noch mal drüber nach, warum das so ist. Danke, dass ich noch zu Emmy gehen darf. Bis später!

Ich mische mich ein, wenn mir etwas negativ auffällt

Anna, Hanka, Sebastian und Luis sind Helden. Jeder der vier sucht sich eine Person aus, deren Handeln mutig und beispielhaft war. Er oder sie beschreibt den Menschen – ohne seinen Namen zu nennen – so, dass die anderen erraten, wer gemeint ist. Einen »Heldensteckbrief« für Martin Luther verfassen die Jugendlichen zuletzt gemeinsam.

Ich bin eine Heldin, weil ich lebe. Ich bin für das, woran ich glaube, fast zu Tode gekommen. Wenn ich meinen Namen in die Suchmaschine im Internet eingebe, erhalte ich eine halbe Million Treffer. Die meisten handeln von dem Attentat am 9. Oktober 2012. Damals schoss ein Mann auf mich, als ich in den Schulbus steigen wollte. Dieser Mann war Terrorist. Er gehört zu einer Gruppe radikaler Männer, die am liebsten alles und jeden in meiner Stadt kontrollieren würden. Ich bin ein Mädchen aus Pakistan, einem Land, in dem Frauen noch im 21. Jahrhundert mit Vorurteilen konfrontiert sind. Die Terroristen wollten uns verbieten, in die Schule zu gehen. Frauen brauchten →

ihrer Meinung nach keine Bildung. Mein Vater leitete eine Schule. Er widersprach. Er unterrichtete Mädchen gleichberechtigt. Mein Vater ist mein Vorbild. Ich begann, im Internet einen Blog zu schreiben, in dem ich vom Recht auf Bildung für alle Kinder Pakistans schrieb. Das gefiel den Terroristen nicht. Deshalb wollten sie mich töten. Ich habe überlebt. Inzwischen lebe ich mit meiner Familie in England. 2014 bekam ich, 16-jährig, den Friedensnobelpreis verliehen. Ich bin stolz, dass ich die erste Pakistanerin und die jüngste Person bin, die diesen Preis erhalten hat. Mittlerweile bin ich 18 Jahre alt. Mein Ziel bleibt der Einsatz für eine gleichberechtigte Schulbildung. Mädchen sind genauso schlau wie Jungs. Ich mische mich ein, wenn mir etwas negativ auffällt. Mädchen von der Schule auszuschließen, geht gar nicht. Sie haben das Recht auf Bildung. Wenn ich erwachsen bin, werde ich Politikerin in Pakistan und mache das zum Gesetz.

Anna, 14, über Malala Yousafzai, Jahrgang 1997

Ich bin eine Heldin, weil mein Beispiel gezeigt hat, dass Integration gelingt. Integration heißt, dass die Werte meiner Heimat kein Widerspruch zu der Kultur sind, aus der ich stamme. Meine Familie ist türkisch. Ich bin in Deutschland geboren, hier aufgewachsen und zur Schule gegangen. Ich habe mein ganzes Leben hier verbracht. Nach dem Abi habe ich Lehramt studiert. Kurz vor meinem 23. Geburtstag geriet ich spätabends mit drei Jungs in Streit, die auf der Toilette eines Fast-Food-Restaurants zwei Mädchen belästigten. Ich ging dazwischen und hab ihnen gesagt, sie sollen abhauen. Die Jungs sind tatsächlich gegangen. Auf dem Parkplatz begegneten wir uns aber nochmal. Einer der Typen hat mir eine gescheuert, so heftig, dass ich mit dem Hinterkopf auf den Asphalt knallte. Ich fiel ins Koma und wachte nie mehr auf. Meine Geschichte ist ein Beispiel für Zivilcourage geworden. Das bedeutet, dass man anderen hilft und sich sogar für sie in Gefahr begibt. Ich mische mich ein, wenn mir etwas negativ auffällt. Am besten, man sucht sich vorher Verbündete, die helfen oder zusätzliche Hilfe holen. Ich war auch mit Freundinnen unterwegs. Wir leben in einem freien Land, hier muss sich niemand anmachen lassen. Die Würde des Menschen ist unantastbar. Das gilt für alle, egal welche Wurzeln sie haben. Hier zu leben, ist wertvoll.

Hanka, 14, über Tuğçe Albayrak, 1991–2014

Ich bin ein Held, weil ich für mein Team alles nach vorne geworfen habe, als es wichtig war. In einer Ausnahmesituation, in der jemand die Nerven behalten musste. Das war ich. Ich mische mich ein, wenn mir etwas negativ auffällt. Ich will, dass mein Team positiv denkt. Auch wenn es mal nicht so gut läuft. Das gehört dazu. Deshalb darf man trotzdem nicht aufgeben. Teamfähigkeit ist nicht das erste Stichwort, das als Helden-Eigenschaft fällt. Batman, Superman, Spiderman, die Helden unserer Kindheit, oder James Bond: Die arbeiten nicht im Team. Warum eigentlich nicht? Ich finde, Helden müssen teamfähig sein. Feuerwehrmänner sind Helden, und die sind auch ein Team, in dem jeder jeden unterstützt, wenn es brennt. Sie sind genauso Vorbilder für ihre Mannschaft, wie ich für meine. Ein Held muss es aushalten können, sich nicht zu sehr in den Mittelpunkt zu spielen. Ich gestehe, das fällt mir manchmal schwer. Vielleicht ist James Bond aus diesem Grund solo unterwegs. Jedenfalls: Als meine Mannschaft und ich am Ende unserer Kräfte waren am 13. Juli 2014, habe ich weitergemacht. Obwohl ich auch nicht mehr konnte. Doch in extremen Situationen gelingen Menschen Dinge, die sie sonst nicht schaffen. Die Feuerwehrleute nicken jetzt sicher. Rückblickend fragt man sich dann, wie das gehen konnte in dem Moment. Aber es ging. Wenn man will. Ich wollte das Spiel gewinnen. Deshalb habe ich weitergemacht, trotz Fouls, trotz Platzwunde am rechten Auge. Ich wollte meinem Team Vorbild sein: Lasst euch nicht kleinkriegen! Wenn wir zusammenhalten, halten wir durch. So kam es auch. Das Siegtor hat ein anderer geschossen. Damit kann ich leben. Ein Held ist, wer akzeptiert, dass andere weiterkommen.

Sebastian, 13 über Bastian Schweinsteiger, Jahrgang 1984

Ich bin ein Held, weil ich großen Mut bewiesen habe. Dabei habe ich nur meinen Job gemacht. Damit verband sich aber eine lebensgefährliche Aufgabe. Weil ich an einem Ort arbeitete, an dem sich normalerweise kein Mensch aufhält: im Weltall. Ich weiß, manche würden mir jetzt widersprechen und erklären, ich sei kein Held. Weil ich keine Menschen gerettet oder keine scheinbar ausweglose Situation bewältigt habe. Ich finde, meine Situation war ziemlich ausweglos, als ich von Mai bis November 2014 im Weltraum auf der Raumstation ISS war. Ich war auf mich gestellt. O.k., ich hätte nicht hinmüssen. Es war meine Entscheidung. Genau wie Menschen, die anderen helfen und die Initiative ergreifen, diesen Schritt selbst bestimmen. Jeder, der sich traut, Gutes zu tun, ist ein Held. Jeder, der den Mut hat, sich Schwierigkeiten oder extremen Bedingungen zu stellen und andere zu unterstützen, ist ein Held. Ich möchte, dass die Menschen weiterkommen. Indem ich sie dazu bringe, das Leben wertzuschätzen. Das Leben ist kostbar. Die Schöpfung auch. Das merkt man so allein im Weltall ganz besonders. Auf der Erde verlieren wir dafür gelegentlich den Blick und gehen nicht anständig miteinander um. Ich mische mich ein, wenn mir etwas negativ auffällt. Weil es unnötig ist, dass wir andere schlecht behandeln.

Luis, 14, über Alexander Gerst, Jahrgang 1976

Ich bin ein Held, weil ich ein Geheimnis gelüftet habe. Das klingt erst mal nicht heldenhaft. Vertraut ihr jemandem, der Privates rumerzählt? Nein? Würde ich auch nicht. Aber meins war ein schlechtes Geheimnis, das den Menschen schadet. Das hat mich traurig gemacht. Wenn man Teil des Problems ist, muss man auch Teil der Lösung sein wollen. Ich schätze, Martin Luther hat sich ähnlich gefühlt. Er empfand sich als Teil des Problems und wollte es lösen. Die Kirche war sein Problem. Der Papst wollte nicht, dass die Menschen wussten, was im Vatikan vorging. Oder dass sie die Bibel lesen konnten und sich selbst Gedanken über ihr Leben und ihr Schicksal machten. Sie sollten glauben, was die Kirche sagte. Bei mir war nicht die Kirche das Problem, sondern der Staat. Der hat die Menschen über das Internet ausspioniert und Infos gesammelt, die eigentlich privat sind und niemanden was angehen. Das darf er nicht. Martin Luther war auch misstrauisch geworden, deshalb hat er seine Thesen veröffentlicht und gefordert, dass sich was ändert. Ich kann nicht so gut schreiben wie er, aber ich hab es genauso gemacht. Die Regierung fand das natürlich nicht klasse, kritisiert zu werden. Vor allem, dass die ganze Welt wusste, was sie so treibt. Deshalb lebe ich jetzt im Exil, damit ich in meiner Heimat nicht bestraft werde. So wie Luther von Friedrich dem Weisen auf die Wartburg gebracht wurde, wo er sicher war. Es ist hart, von meiner Familie getrennt zu sein. Aber mir geht es besser, weil ich ehrlich war.

Daniel, 14, über Edward Snowden, Jg. 1983

Bin ich ein Held? Ich habe doch nur ausgesprochen, was alle bewegte. Ich habe mich nur auf Gottes Zusage berufen, die für jeden gilt. Es ist mein Recht und meine Pflicht als Christ, mich einzumischen, wenn mir etwas negativ auffällt. Das bedeutet, wenn jemand christliche Werte mit Füßen tritt oder Gottes Wort missbraucht, schreite ich ein. Ich widerspreche. So wie im Fall des Ablasses. Das Verhalten der Kirche war indiskutabel und entsprach nicht dem Willen Gottes. Das konnte ich nicht hinnehmen. Dagegen musste ich vorgehen. Die Reformation brachte mich in eine extreme Situation. Ich musste über mich hinauswachsen. Das war anstrengend, aber meine Überzeugung hat mir geholfen. Wenn der Mensch glaubt, kann er viel erreichen. Wenn er Werte hat auch. Zivilcourage heißt Bürgersinn, das Gespür dafür, wenn eine Situation Menschen schadet. Ich bin kein Held, weil nicht nur ich dieses Gespür hatte, sondern viele andere auch. Ich bin ein Vorbild, weil ich mich zu Wort gemeldet habe, ermutigt von meinem Gott, meinen Werten und meinem Team, das hinter mir stand. Das zeichnet »Helden« in der Tradition der Reformation aus: Sie haben Werte. Sie bringen die zur Sprache. Dann, wenn sie gefährdet sind. Sie beweisen Mut. Ihr Beispiel motiviert andere, nachzudenken.

Anna, Hanka, Sebastian und Luis über Martin Luther, 1483–1546

Es lohnt sich, sozial zu sein!

Den Generationenkonflikt gibt es nicht«, sagen Jette, 15 und Malin, 16. »Dass Erwachsene das Thema so häufig ansprechen, geschieht nur, um auf der Jugend herumzuhacken.« Das stört die Mädchen. Jette und Malin haben deshalb »Das Manifest unserer Generation« verfasst, adressiert an »die Obrigkeit«. Die Schülerinnen orientierten sich am Beispiel der 95 Thesen.

Das Manifest unserer Generation

Wir protestieren! Was uns stört, ist: Ihr Erwachsenen wollt uns den Generationenkonflikt einreden. Warum? Wir stimmen euch vollkommen zu: Es lohnt sich, sozial zu sein, im Sinne von solidarisch. Und zwar in beide Richtungen. Von euch zu uns und von uns zu euch. Wir haben nur nicht den Eindruck, dass ihr uns das zutraut! Das begründen wir an dieser Stelle mit 25 Thesen, über die wir mit euch ins Gespräch kommen wollen.

1. Jugend folgt anderen Gesetzen als Erwachsensein. Wir finden das gut, weil sich eine Gemeinschaft dadurch weiterentwickelt, dass sie neue Energie hat. Und neue Ideen. Beides reformiert die Gesellschaft. Das ist überlebenswichtig, weil sich die Welt verändert. Das strengt auch an, aber wir Jungen haben Power.

2. Glaubt nicht, dass wir Veränderungen nicht bemerken!

3. Auch dass Reform und Wandel junge Themen sind und Veränderungen von uns Jungen angestoßen werden müssen, stellen wir nicht infrage!

4. Aber wieso wollt ihr uns einreden, genau jetzt sei der Zeitpunkt für Veränderung da? Dass wir unverzüglich unsere Reform-Aufgaben wahrnehmen müssen. So, wie ihr euch das vorstellt, funktioniert es nicht. Hört uns erst mal zu!

5. Kritisiert uns nicht als gleichgültig, zahm oder angepasst. Fragt euch doch lieber, warum wir scheinbar so sind.

6. Sind wir nämlich gar nicht! Das ist eure Sichtweise.

7. Deshalb tretet ihr ständig nach und beschwört den Generationenkonflikt.

8. Dass wir weniger Rente bekommen, wenn wir alt sind, damit setzen wir uns auseinander. Die Erkenntnis trifft uns nicht plötzlich. Wir sind bereit, mehr Verantwortung für uns selbst zu tragen. Wir machen das ja jetzt schon, indem wir uns darauf einstellen, dass wir unser Leben

lang arbeiten, aber in einem Job, der uns gefällt. Wir versuchen das positiv zu sehen.

9. Wir vermuten eher, ihr habt Angst, dass wir euch deshalb die Solidarität verweigern, und uns ganz auf uns konzentrieren. Weil ihr es anders gekannt habt. Dann sagt doch anstelle von »ihr denkt nur an euch« lieber »vergesst uns nicht«!

10. Da geben wir Entwarnung: Unsere Generation wird Formen des Zusammenlebens entwickeln und Bündnisse schmieden, bei denen niemand außen vor bleibt.

11. Ihr behauptet, dass wir nicht reagieren. Tatsächlich seid ihr der Meinung, dass wir nicht so reagieren, wie ihr damals. Das stört euch.

12. Das war doch aber bei euch nicht anders, als ihr jung wart! Jede Generation handelt und reagiert anders als die davor.

13. Unsere Definition von Reaktion ist Konsens. Eure Definition von Reaktion ist Widerspruch. Weil Widerspruch Wandel belebt. Das habt ihr so erlebt. Euer Widerspruch war angebracht, nach dem Krieg. Dass ihr was ändert, stand an. Dafür gebührt euch unser Respekt! Den empfinden wir auch für die Generation vor uns, die mit der deutschen Einheit eine große Veränderung bewirkte. Wir definieren uns über die Wiedervereinigung. Wir schätzen, was ihr geleistet habt.

14. Ihr habt uns nie bevormundet, weil es euch ärgerte, dass ihr als junge Menschen bevormundet wurdet. Warum sagt ihr dann »früher war alles besser«?

15. Weil wir so frei aufgewachsen sind, kennen wir auch unsere Pflichten. Wir wollen uns anstrengen im Leben.

16. Wir verstehen, dass andere Menschen den Wert der Freiheit genauso spüren und leben wollen. Wir finden, sie haben die Chance verdient!

17. Wir erleben, dass Gleichaltrige in anderen Ländern noch viel stärker bevormundet werden. Dadurch schätzen wir unsere Position in Deutschland noch mehr. Hier gibt es keinen Generationenkonflikt.

18. Vertraut uns bitte, dass wir unser Leben auf unsere Art angehen und bewältigen! Dazu habt ihr uns schließlich erzogen. Wir teilen eure Werte. Wir haben aktuell keinen Grund, zu widersprechen.

19. Ist das nicht positiv?

20. Das mag euch nicht aktiv genug sein, aber: Ihr könnt uns wirklich vertrauen!!!

21. Als Beweis wäre es fantastisch, ihr würdet nicht andauernd so kumpelig tun. Bitte bleibt bzw. werdet unsere Vorbilder, aber stellt euch darauf ein, Verantwortung zu teilen.

22. Vielleicht ist das auch der wahre Generationenkonflikt. Dass ihr um eure Werte fürchtet? Dass ihr Angst habt, als Erwachsener fühlt man sich alt und wird nicht mehr gefragt?

23. Alte Menschen interessieren sich auch für Themen von jungen Leuten. Aber sie respektieren, dass gestalterisch die anderen dran sind. Die Angst um eure Werte ist unberechtigt. Wir haben da ein Beispiel: Friedrich der Weise, Sachsens Kurfürst. Er hat Luthers Einsatz mitgetragen, sich inhaltlich aber nicht eingemischt. Er stellte seine Erfahrung zur Verfügung, hielt sich sonst aber im Hintergrund.

24. Jede Generation kommt weiter als die vor ihr. Veränderungen sind auf lange Sicht immer nützlich. Kurzfristig können sie aber auch Angst machen. Da muss man schon sehr gute Werte haben, um stabil zu stehen. Wir haben sie. Dank euch. Ihr sagt, dass das so ist, ist nicht selbstverständlich. Wir sagen: Doch, ist es.

25. Noch mal: Wir sind deshalb weder gleichgültig noch passiv. Jeder strengt sich an. Das bewertet ihr als anständig und konservativ. Das findet ihr riskant. Dass wir uns schon festgelegt haben, während ihr euch nicht festlegen wollt. Wir empfinden unsere Haltung als wertebewusst. Soziales Verhalten heißt, dass ich bei mir bin und bei den anderen. Kam das jetzt an?

Fußnote von Jette:

Dass Martin Luther Thesen geschrieben hat und keinen Aufsatz, war, weil er sich genau überlegte, was er sagen wollte. Er musste klare Worte finden und durfte sich nicht in Bildern verlieren. Sonst hätte man ihm vielleicht vorgeworfen, dass er schwafelt. Viel reden, wenig aussagen ist ein Spruch, den ich heute manchmal verwende. Dampfplauderei kann ich nicht leiden. Möglich, dass sich Luther so was dachte und deshalb so eindeutig und so deutlich wurde in seinen Thesen. Wobei er schon ein paar Bilder verwendete. Aber die zitierte er aus der Bibel. Vor 500 Jahren hat er die Menschen damit erreicht. Die standen im Stoff. Insofern war es o.k.. Inzwischen sind wir nicht mehr so bibelfest, auch nicht als Mitglieder der Kirche. Ich kenne einzelne Gleichnisse, aber die Bibel ganz gelesen habe ich nicht. Es ist nur eine Vermutung, aber vielleicht fand mit der Reformation in der Gesellschaft ein Umdenken statt, dadurch, dass Bücher erstmals gedruckt und schnell verbreitet werden konnten. Man traute den Menschen geistig mehr zu. Sie sich selbst auch. Der Humanismus entstand. Luther war zwar eher ein Fan von Gottes Liebe, ohne die der Mensch nicht klar denken konnte. Trotzdem wurde er vom Anweisungsempfänger zum Mitbestimmer. Das machte den Unterschied! Gott schob niemanden ab oder vertröstete ihn auf später. Solidarität ist angewandte Demokratie. Dass man andere berücksichtigt, ohne seine Werte aus dem Blick zu verlieren. Luther war sich seiner Werte so bewusst, dass er gegnerische Positionen oder einen Protest verkraftete. Die Botschaft der Thesen ist: Jemand, der demokratische und damit reformatorische Werte vertritt, fragt nicht, ob es sich lohnt, sozial zu sein. Der geht davon aus.

Ich traue mir zu, frei zu sprechen

Liebe Schülerinnen und Schüler,
liebe Lehrerinnen und Lehrer,
sehr geehrte Damen und Herren,

weil mich nicht alle kennen, möchte ich mich kurz vorstellen: Ich bin Lukas. Ich bin seit diesem Schuljahr Schulsprecher des Martin-Luther-Gymnasiums und gehe in die Klasse 9b. Ich wurde gebeten, heute hier eine Rede zu halten. Das Thema ist, *Ich traue mir zu, frei zu sprechen.*

Vor mir liegt ein Blatt Papier. Darauf habe ich einige Stichworte notiert, eine Art Inhalts-Checkliste. Ich gestehe, ganz frei spreche ich also nicht. Ich habe mir vorab Gedanken zum Thema gemacht. Das fand ich wichtig, weil ich als Schulsprecher eine Funktion habe. Ich vertrete die Seite von uns Schülern. Das heißt für mich, dass die anderen mir zutrauen, frei zu sprechen. Und dass ich weiß, worüber.

Mir hat es tatsächlich nie groß was ausgemacht, vor Publikum zu sprechen. Mein älterer Bruder tickt komplett anders. Er hasst es, frei zu reden. Die Nacht vor seiner mündlichen Abiprüfung hat er kaum geschlafen. Obwohl er gut vorbereitet war. Er hatte Angst, dass es ihm vor Aufregung die Sprache verschlägt. Es fühlte sich an wie eine Mutprobe.

Frei zu sprechen, ist für mich eine Technik, die man trainieren kann. Ich hab gegoogelt, dass freie Rede schon im antiken Griechenland als hohe Kunst galt. Später entwickelten sich daraus öffentliche Debatten. Man könnte sagen, dass freie Rede die Demokratie trainiert und entwickelt hat.

Das Recht auf freie Meinungsäußerung ist ein Grundrecht. Ich finde es unfair, Meinungen zu unterdrücken. Das schadet allen, weil sich die Menschen irgendwann nicht mehr trauen, frei zu sprechen. In Deutschland haben wir nichts zu befürchten. Hier darf jeder seine Meinung sagen. Vorausgesetzt, er überwindet sich. Und er beherrscht die Sprache.

Ein Junge aus meinem Sportverein hat russische Eltern. Er spricht perfekt Deutsch. Trotzdem traut er sich nicht zu, frei zu sprechen. Er begründet das mit seinen nicht-deutschen Wurzeln: »Wenn ich im falschen Moment vor den falschen Leuten was sage, kriege ich eine aufs Maul, Grundrecht hin oder her«, sagt er. Das erinnert mich daran, dass das Recht auf freie Meinungsäußerung ein Schatz ist. In vielen Ländern der Welt gilt es nicht.

Die Antwort auf eine Prüfungsfrage zu geben, ist keine freie Meinungsäußerung, weil es auf richtig oder falsch ankommt. Trotzdem trainiert man dadurch freie Rede, weil man sich selbst zu Wort meldet. Ein ähnlicher Gedanke mag Martin Luther gekommen sein, als er sich im April 1521 vor dem Wormser Reichstag zu Wort meldete. Er bestimmte den Zeitpunkt mit. Welche Atmosphäre im Saal herrschte, wissen wir nicht. Luthers Rede wurde dokumentiert, gedruckt und verbreitet, gleichzeitig aber variiert und ausgeschmückt. Je nachdem, wie begeistert ein Drucker oder Verleger von der reformatorischen Idee war. Und einige waren enorm begeistert. Journalisten gab es vor 500 Jahren noch keine, die von der Stimmung im Saal live hätten berichten können. Die Öffentlichkeit musste draußen bleiben. Das Volk war nicht live dabei, aber alle nahmen Anteil. Daher wurde das Ereignis intensiv reflektiert, aber in unterschiedlichen Lesarten. Das läuft heute ja nicht anders.

Ein dem Wormser Reichstag vergleichbares Ereignis ist heutzutage ein Riesenevent. Mir fielen die Besuche von Barack Obama in Deutschland ein. Seine Reden wurden öffentlich auf großen Leinwänden übertragen, wie Fußballspiele beim Public Viewing. Damit die Leute, die weiter weg standen, trotzdem dabei sein konnten. Obama war als US-Präsidentschaftskandidat und später als US-Präsident für seine mitreißenden Reden bekannt. Sie machten ihn populär. Er traute sich zu, frei zu sprechen. Er hatte es technisch auch drauf. Sein Ausspruch Change, Wandel, war eine Art Reformation. Ein Wechsel, der allen etwas bringen würde. Ganz viele Menschen fühlten sich von Obama angesprochen. Meine Eltern sind mit mir auch hingegangen, als er eine Rede hielt. Sie sagten, das ist ein historischer Augenblick, den man nicht verpassen darf.

Ich stelle mir vor, dass die Menschen vor 500 Jahren von Luther ähnlich begeistert waren, obwohl er nicht als Präsident kandidierte. Doch auch er hatte eine andere Einstellung zu Herrschaft. Er wollte, dass sich was ändert. Die Bevölkerung sah das genauso. Für Barack Obama stand eine Wahl auf dem Spiel. Er überzeugte die Wähler in den USA. Martin Luther riskierte sogar sein Leben. Er musste seine Definition von Change vor dem Kaiser rechtfertigen. Er wollte ihn überzeugen, den Wandel mitzutragen.

Karl V. hatte Martin Luther nach Worms eingeladen. Allerdings nicht, um den Reformator frei reden zu hören. Der Kaiser und die katholische Kirche, für die er stand, erwarteten von Luther, dass er widerruft. Dass er die Reformation aufgibt und sich von seinen Schriften distanziert. In dem Luther-Film weist der päpstliche Kardinal Martin Luther an, nach der Aufforderung durch den Kaiser »genau ein Wort zu sagen: Revoco. Ich widerrufe.«

Zu Beginn des Wormser Reichstags durfte Luther weder frei sprechen noch den Zeitpunkt seiner Rede frei wählen. Doch Luther trat zweimal vor sein Publikum, das ist sicher. An Tag eins soll er schüchtern gewesen sein und leise gesprochen haben, nachdem ihn der Kaiser dazu aufgefordert hatte. Luther war nervös. Verständlich, wann hatte ein normaler Mönch sonst Gelegenheit, vor den einflussreichsten Männern Deutschlands und Europas zu sprechen. Der Kaiser regierte nicht nur in Deutschland. Er war mächtig. Luther kannte Karl nicht. Er wusste nicht, was ihn erwartete. Er wusste nur: Die Werte der Reformation standen auf dem Spiel. Von Karl hing ab, ob er ausgebürgert blieb oder nicht. Die Reichsacht, die der Papst ausgesprochen hatte, war mit einer Ausbürgerung vergleichbar. Luther hatte keine Rechte mehr, und jeder, der wollte, durfte ihn ungestraft verfolgen oder sogar umbringen. Der Kaiser konnte den Bann des Papstes aufheben – oder bestätigen.

Das, stelle ich mir vor, war ein krasser Psychostress. Luther muss sich vorgekommen sein wie in einer mündlichen Prüfung, bei der es um alles oder nichts ging. Er musste sich extrem konzentrieren und sich selbst in den Hintern treten, um loszulegen.

Martin Luther konnte frei sprechen. Redegewandt war er auch. Er hatte die Inhalte parat und beherrschte die Technik. Als Pfarrer war er trainiert durch das Predigen. Und er war Professor an der Universität Wittenberg, kannte folglich die Atmosphäre im Hörsaal, in der ein Lehrer vor einer Gruppe Studierender frei spricht. Er war geübt, in Worms nur nicht in Bestform vor Aufregung. Der Kaiser und der Reichstag waren ein anderes Publikum als die Wittenberger Studierenden, die Luther sowieso schon für sich gewonnen hatte. Den Kaiser zu überzeugen, würde nicht so leicht sein. Sogar sehr schwer. Wenn Martin Luther sich traute, frei zu sprechen, stand sein Leben auf dem Spiel. Der Druck war echt groß.

Ich finde stark, dass Luther auf die Idee kam, sich Bedenkzeit zu erbitten. Er begründete den Wunsch damit, dass er als Mönch nicht vorschnell über Gottes Wort urteilen wollte. Eine clevere, mutige Aussage! Der Reichstag gewährte ihm die Bitte. Luther bestimmte den Zeitpunkt seiner freien Rede mit. An Tag zwei in Worms fand er zu alter Form zurück. Er hielt eine mitreißende Ansprache für die Sache der Reformation. Er lief zu Hochform auf. Er wurde mit jedem Satz gelöster. Wie erleichtert Martin Luther selbst war, verriet sein Freudenschrei, nachdem er den Reichstag verlassen hatte: »Ich bin hindurch! Ich bin hindurch!«, soll er gerufen haben. So fühle ich mich auch nach einer Prüfung, die gut lief. Dass Luther den Kaiser und die Reichsstände mit seinem ersten Auftritt nicht überzeugt hatte, dürfte ihm klar gewesen sein. Dass das nicht an seiner Fähigkeit lag, frei zu sprechen, auch. Luther musste sich konzentrieren und in den Hintern treten. Oder er hat Gott gebeten, es zu tun.

Luther blieb bei seiner Sicht, weil er sie nicht im Widerspruch zu Gottes Wort sah. Den Widerspruch erzeugte die katholische Kirche. Er traute sich, das dem Kaiser ins Gesicht zu sagen. Berühmt geworden ist der Schluss der Wormser Rede: »Hier stehe ich, ich kann nicht anders. Gott helfe mir. Amen.« Damit ich den Satz richtig wiedergebe, habe ich ihn im Internet recherchiert. Tatsächlich sagte Luther wohl: »Nur wenn mein Gewissen in Gottes Wort gefangen ist, will ich widerrufen. Denn es ist nicht geraten, etwas gegen das Gewissen zu tun. Gott helfe mir. Amen.« Das war ein langer Satz, den nicht jeder Zuhörer auf Anhieb verstand. Die Drucker passten ihn an. Das veränderte Zitat war kürzer, sprach die Leute an und blieb im Gedächtnis.

Stimmt! Den Satz »Hier stehe ich, ich kann nicht anders« haben sicher die meisten von euch und Ihnen hier schon einmal gehört.

Luthers ähnlich häufig zitierter Satz »ihr müsst dem Volk aufs Maul schauen«, im Sinne von »hört zu, welche Themen bei den Menschen gerade dran sind«, war zumindest denen aus meiner Klasse, mit denen ich zuvor darüber gesprochen habe, unbekannt. Genauso wie der Spruch vom Apfelbäumchen: »Wenn ich wüsste, dass morgen die Welt unterginge, würde ich heute noch ein Apfelbäumchen pflanzen.« Ob Martin Luther das jemals gesagt hat, ist umstritten. Belegt ist es nicht, nur so weitererzählt worden. Könnte auch der Gärtner gewesen sein!

Warum beharrte Martin Luther nicht auf sein Recht, frei zu sprechen? Das Grundrecht gab es 1521 noch nicht! Was es gab, waren Debatten, wie er sie für seine 95 Thesen wollte. Als Meinungsaustausch, bei dem jeder, der sich zu Wort meldet, die gleichen Voraussetzungen und Chancen hat. In Worms erwartete ihn keine Debatte, er sollte auch keine freie Rede halten, sondern widerrufen. Frei zu reden, kostete Luther deshalb richtig viel Überwindung.

Luther war Mönch. Der Gedanke, dass er im Gebet die Sicherheit fand, sich zu überwinden, erscheint mir am realistischsten. So kann ich mir Worms gut vorstellen. Genauso wichtig erscheint mir, dass im Saal des Reichstags nicht nur der Kaiser saß, sondern dass auch Fürsten da waren, die Martin Luther gut fanden und unterstützten. Und draußen vor der Tür standen viele Menschen, die ihm die Daumen drückten. Das war sicher motivierend. So bekämpft man Prüfungsangst. Indem man nicht auf die Gegner schaut, sondern auf die Unterstützer. Ein Lehrer freut sich doch, wenn er merkt, dass wir im Unterricht viel gelernt haben!

Die Technik, frei zu sprechen, zählt zur Medienkompetenz. Indem wir uns zu Wort melden und außerdem inhaltlich überzeugen, stellen wir unsere Medienkompetenz unter Beweis. In einem demokratischen Land wird diese Fähigkeit geschätzt. Sonst hätten die US-Amerikaner Barack Obama wohl kaum zu ihrem 44. Präsidenten gewählt. Ich war Kind, als er seine Rede hielt, und konnte damals noch kein Englisch. Aber an die Atmosphäre erinnere ich mich noch gut: Alle waren aufmerksam. Wenn jemand frei spricht, fällt es leichter zuzuhören, als wenn jemand abliest.

Ich hab mir überlegt, ob Luthers Thesen auch so eine Art Checkliste waren, wie mein Blatt Papier hier. Wahrscheinlich! Er wollte vorbereitet sein. Damit ihm nichts durchrutschte. In Worms brauchte er das nicht mehr. Da genügte Bedenkzeit. Luthers Medienkompetenz nahm im Verlauf der Reformation immer weiter zu. Wieder in Form, konnte er seine Haltung frei aussprechen. So, dass die Bevölkerung und die Fürsten angesprochen wurden und seine Gegner die Inhalte zumindest verstanden. Auch wenn sie sie nicht teilten. Medienkompetenz heißt für mich, dass man für seine Zuhörer die richtigen Worte findet. Dem Volk aufs Maul schauen. Der Satz kam ja auch von Luther.

Medienkompetenz heißt, den Wert der freien Meinungsäußerung anzuerkennen und Inhalte bewerten zu können. Live, gedruckt, gesendet oder im Internet gepostet. Medienkompetenz besteht nicht nur aus Zeitunglesen, Fernsehen und Surfen. Die eigene Meinung darzustellen, zählt dazu. Auch, dass ich zuhöre, darüber lese und Meinungen vergleiche. Freie Rede ist für mich keine Folge von Medienkompetenz. Sie trainiert sie. Den Anfang muss man selbst machen. Luther hätte in Worms sicher keinen so guten Auftritt hingelegt, wenn er nicht im Reden geübt gewesen wäre. Und er predigte ja nicht über irgendwas, sondern über die Bibel. Er stand im Stoff.

Eine freie Meinungsäußerung muss nicht laut sein. Der Kaiser hat in Worms keine Rede gehalten. Karl V. reagierte auf Luthers Auftritt in schriftlicher Form, mit einem Bekenntnis zu seinem Glauben und seinem Stammbaum. Als müsste er sich dafür rechtfertigen, katholisch zu sein. Vielleicht traute er sich nicht zu, frei zu sprechen. Vielleicht war dazu keine Gelegenheit. Obwohl er das als Kaiser einfach hätte anordnen können. Ich glaube, Luthers Rede hat den Kaiser berührt. Er konnte sie inhaltlich nachvollziehen. Aber nicht zustimmen, weil er sonst Ärger mit dem Papst bekommen hätte. Er hat sie so kommentiert, wie er als Kaiser mit der Kirche befasst war.

Freie Rede liegt nicht jedem. Auch wenn man viel über ein Thema weiß. Kommt auf die Situation an. Manchmal ist es besser, nichts zu sagen. Die Sorge, dass man Ärger bekommt, wenn man sich äußert, finde ich viel problematischer. Vor allem, dass so ein Gedanke bei Jugendlichen in Deutschland heute noch vorkommt. Obwohl freie Meinungsäußerung unser Grundrecht ist. Da können wir von Luther lernen: Er konnte sich noch nicht auf sein Recht berufen. Trotzdem ließ er sich in Worms nicht vorschreiben, was er zu sagen hatte. Und ihm ist nichts passiert.

Ich traue mir zu, frei zu sprechen. Mir passiert nichts. Keinem von uns!

Mission Luther2017, Fortsetzung folgt oder: Was ich heute mache, um zu überzeugen

Lieber Michael King!

Wir sind uns nie begegnet, und trotzdem fühlt es sich an, als würde ich dich kennen. Ich habe viel über dich gehört und festgestellt, dass wir einiges gemeinsam haben: Wir sind jung, wir sind Christen und ich hoffe – genau wie du – in Zukunft beizutragen, dass es der Jugend in meinem Land gut geht. So gut, wie mir jetzt. Und dass es denen, die noch nicht so gut dran sind, besser geht. Dass sie Freunde haben. Ein Team. Ein Netzwerk. Eine Gemeinde. Wie auch immer.

Was du mir voraushast ist, dass du schon in Wittenberg warst. Auch ich fahre hin, bald. Falls ich das 2017, 500 Jahre nach dem Beginn der Reformation, nicht schaffe, dann ein Jahr später. Ich hab ja keinen Stress. Denn mir ist aufgefallen, dass das Reformationsjubiläum mit dem 31. Dezember 2017 nicht vorbei ist! Im Gegenteil. So wie die Veröffentlichung der Luther-Thesen damals die Reformation in den darauffolgenden Jahren in Schwung brachte, können wir die Jahre 2018, 2019, 2020, 2021 usw. nutzen, eine Reise an die Basis unserer gesellschaftlichen Werte zu machen. Und sie wieder in Schwung zu bringen. Back to the roots! Mission Luther2017ff., folgende.

Ich wette, du grinst. Bestimmt wusstest du längst, dass die Reformation eine Kettenreaktion war, die der Welt einen Schubs in Richtung Moderne gab. Deshalb warst du so dankbar und so demütig während deines Wittenberg-Besuchs. Weil dir klar war, dass Menschenrechte und Demokratie in der Form, wie du und ich sie heute kennen, anwenden und ihre Einhaltung prüfen, ohne die Reformation nicht zustande gekommen wären. Oder sich langsamer entwickelt hätten. Tatsache: Das ist mir erst klar geworden, dass da so viel Bleibendes drinsteckt und dass es gleichzeitig immer noch Luft nach oben gibt. Michael, ich finde, du solltest noch einmal nach Deutschland kommen und deine Erfahrung schildern. Du könntest meine Kumpels, die aus meiner Klasse und alle, die so alt sind wie ich, beraten, wie wir in Reformations-Feierlaune kommen.

Was wir schon einbringen können und was wir noch brauchen, um 500 Jahre nach Luther überzeugend zu sein, haben wir versucht, in moderne Thesen zu fassen. Daraus ist dieses Buch entstanden. Es war eine Art Identitätspuzzle. Lustig, dass auch Teile dazugehören, die wir verwenden, ohne uns bewusst zu machen, woher sie kommen. Wie mit den Werten. Für mich sind sie einfach da. Sie passen ins Bild.

Das Problem, warum ich mich mit dem Lutherkult 2017 nicht identifiziere, ist, dass die Programme und Events überwiegend an dem festhalten, was war. Martin Luther ist präsent, aber so, dass ich keine Lust hatte, ihn kennenzulernen. Bis jetzt. Dabei war er offenbar eine starke Persönlichkeit, ein Mensch, der seine Fehler und Schwächen akzeptieren konnte, weil er glaubte. Ich habe noch so jemanden kennengelernt, der mir vorher gar nichts sagte: Kaiser Karl. Der saß in der Zwickmühle. Er wollte was verändern in seinem Reich, konnte aber nicht alles über Bord werfen und vor allem seine Familie nicht bloßstellen. Die vertraute ihm. Dass Gottes Vertrauen in Martin Luther größer schien, hat Karl sicher wehgetan. Karls Geschichte ist ein Coming-Of-Age. Hast du mal von Karl gelesen, Michael? In Karl kann ich mich leichter hineinversetzen als in Martin Luther. Das ist komisch, weil die Reformation ja Luthers große Episode war. Vielleicht ist genau das der Grund. Jeder stürzt sich auf ihn. Da bleibt nicht mehr viel Raum für Entdeckungen. Das ist schlecht, denn wer jung ist, will was entdecken. Ich hab Karl entdeckt. Und dich!

Ich will Martin Luthers Leistung hier nicht kleinreden. Geht es nach mir, kann er die Rolle als zentrale Figur des Reformationsjubiläums behalten. Wenn er auch seine Epoche behält und nicht isoliert ins 21. Jahrhundert gebeamt wird. 2017 verstehe ich als Anlass, zu überprüfen, ob seine Botschaft heute noch Relevanz hat. Die Reformation erzählt viele Entwicklungsgeschichten. So verstehe ich sie am besten, weil sich mein Leben gerade auch besonders dynamisch entwickelt. Was ich selbst nicht für möglich gehalten hätte und du, Michael, bestätigen kannst, ist, dass wir näher an christlichen Traditionen sind, als uns bewusst ist. Bestimmt nickst du jetzt und antwortest: »Jap! Und dessen muss man sich nicht schämen oder übertrieben auf Distanz gehen, um anderen zu beweisen: Ich lasse mich nicht vereinnahmen!« Man muss sich nicht rechtfertigen, zu glauben. Christliche Werte sind keineswegs nur der Kirche vorbehalten. Sie gehören allen. Die Kirche gibt ein Beispiel ihrer Anwendung. Glaube aber ist eine zeitlose Lebenseinstellung.

Deshalb ist die Gelegenheit günstig, 2017 nicht anzufangen, um gleich wieder aufzuhören, sondern weiterzumachen. Ich hab Lust drauf! Bist du dabei? Wenn die Bevölkerung 500 Jahre die Verbreitung der Thesen und den weltverändernden Prozess dahinter kurz wahrnimmt, eine Lutherpostkarte kauft und dann wieder abreist, ist das verschenktes Potenzial!

Am besten, wir bilden ein Team! Die nächste Generation Reformatoren, die sich gemeinsam für ein Thema begeistert, auf eine Methode verständigt und so überzeugend arbeitet, dass sie medienpräsent ist und viele Unterstützer gewinnt. Luther, Melanchthon und Co., die anderen Namen habe ich jetzt nicht parat, auch das war mir nämlich neu, dass Luther so ein großes Team hinter sich hatte. Jedenfalls machten die nichts anderes, als gemeinsam ein Projekt zu stemmen. Das klappte nicht ohne Konflikte. Doch ihre Überzeugung als Basis ließ Korrekturen zu und machte letztlich das Ergebnis immer besser. Das Ergebnis war die Evangelische Kirche. Sie – und auch die katholische – tun sich mit Kurswechseln mittlerweile wieder schwerer. Deshalb ist es Zeit, christliche Werte auf den neuesten Stand zu bringen.

Ein Versuch ist dieses Thesenbuch. Anfangs hat mich die Methode nicht überzeugt. Wahrscheinlich, weil ich keine Vorstellung von den Inhalten der Originalthesen hatten. Teufel, Ablass usw.: Darüber zu reden, erschien mir reine Zeitverschwendung. Ein Gespräch zu führen über Martin Luther, auch. Ich bin froh, von dir erfahren zu haben. Bei deiner Geschichte merkte ich: Die Reformation gehört nicht nur Martin Luther. Sie ist ein Gestaltungsprinzip für alle. Wie dieses Buch. Vorgegeben war nur das Format. Die Inhalte kamen von uns. Ich fühle mich jetzt nicht als Reformator. Aber ich hab kapiert, wie Gottes Vertrauen funktioniert. Individuell. So wie es auf Martin Luther wirkte. Oder auf dich, Michael! Oder auf mich.

Du bist ein Mensch, der sich für Reformen begeistert. Martin Luther begegnete vor 500 Jahren immer wieder solchen jungen Menschen wie dir. Mittlerweile ist Luther zu altmodisch, unsere Kirchen- und Gesellschaftsthemen zu seinen zu machen. Warum sollte er auch? Es ist unsere Zeit: 2017 ist ein gutes Jubiläum, wenn für mich ein Weg reinführt.

Dein Elias, den Pauline beim Schreiben dieses Briefs unterstützte.

Die 95 Thesen

Aus Liebe zur Wahrheit und in dem Bestreben, diese zu ergründen, soll in Wittenberg unter dem Vorsitz des ehrwürdigen Vaters Martin Luther, Magisters der freien Künste und der heiligen Theologie sowie deren ordentlicher Professor daselbst, über die folgenden Sätze disputiert werden. Deshalb bittet er die, die nicht anwesend sein und mündlich mit uns debattieren können, dieses in Abwesenheit schriftlich zu tun. Im Namen unseres Herrn Jesu Christi, Amen.

Daraus entstanden ist die THESE:

▸ ***Ein Christ folgt seinem gesunden Menschenverstand.***

1. Da unser Herr und Meister Jesus Christus spricht »tut Buße«, hat er gewollt, dass das ganze Leben der Gläubigen Buße sein soll.

2. Dieses Wort kann nicht von der Buße als Sakrament – d. h. von der Beichte und Genugtuung –, die durch das priesterliche Amt verwaltet wird, verstanden werden.

3. Es bezieht sich nicht nur auf eine innere Buße, ja eine solche wäre gar keine, wenn sie nicht nach außen mancherlei Werke zur Abtötung des Fleisches bewirkte.

4. Daher bleibt die Strafe, solange der Hass gegen sich selbst – das ist die wahre Herzensbuße – bestehen bleibt, also bis zum Eingang ins Himmelreich.

5. Der Papst will und kann keine Strafen erlassen, außer solchen, die er aufgrund seiner eigenen Entscheidung oder der der kirchlichen Satzungen auferlegt hat.

6. Der Papst kann eine Schuld nur dadurch erlassen, dass er sie als von Gott erlassen erklärt und bezeugt, natürlich kann er sie in den ihm vorbehaltenen Fällen erlassen; wollte man das gering achten, bliebe die Schuld ganz und gar bestehen.

7. Gott erlässt überhaupt keinem die Schuld, ohne ihn zugleich demütig in allem dem Priester, seinem Stellvertreter, zu unterwerfen.

8. Die kirchlichen Bestimmungen über die Buße sind nur für die Lebenden verbindlich, den Sterbenden darf demgemäß nichts auferlegt werden.

9. Daher handelt der Heilige Geist, der durch den Papst wirkt, uns gegenüber gut, wenn er in seinen Erlassen immer den Fall des Todes und der höchsten Not ausnimmt.

10. Unwissend und schlecht handeln diejenigen Priester, die den Sterbenden kirchliche Bußen für das Fegefeuer aufsparen.

11. Die Meinung, dass eine kirchliche Bußstrafe in eine Fegefeuerstrafe umgewandelt werden könne, ist ein Unkraut, das offenbar gesät worden ist, während die Bischöfe schliefen.

12. Früher wurden die kirchlichen Bußstrafen nicht nach, sondern vor der Absolution auferlegt, gleichsam als Prüfstein für die Aufrichtigkeit der Reue.

13. Die Sterbenden werden durch den Tod von allem gelöst, und für die kirchlichen Satzungen sind sie schon tot, weil sie von Rechts wegen davon befreit sind.

14. Ist die Haltung eines Sterbenden und die Liebe (Gott gegenüber) unvollkommen, so bringt ihm das notwendig große Furcht, und diese ist umso größer, je geringer jene ist.

15. Diese Furcht und dieser Schrecken genügen für sich allein – um von anderem zu schweigen –, die Pein des Fegefeuers auszumachen; denn sie kommen dem Grauen der Verzweiflung ganz nahe.

16. Es scheinen sich demnach Hölle, Fegefeuer und Himmel in der gleichen Weise zu unterscheiden wie Verzweiflung, annähernde Verzweiflung und Sicherheit.

17. Offenbar haben die Seelen im Fegefeuer die Mehrung der Liebe genauso nötig wie eine Minderung des Grauens.

18. Offenbar ist es auch weder durch Vernunft- noch Schriftgründe erwiesen, dass sie sich außerhalb des Zustandes befinden, in dem sie Verdienste erwerben können oder in dem die Liebe zunehmen kann.

▸ **THESE: Der Mensch ist gut und verhält sich richtig.**

19. Offenbar ist auch dieses nicht erwiesen, dass sie – wenigstens nicht alle – ihrer Seligkeit sicher und gewiss sind, wenngleich wir ihrer völlig sicher sind.

20. Daher meint der Papst mit dem vollkommenen Erlass aller Strafen nicht einfach den Erlass sämtlicher Strafen, sondern nur derjenigen, die er selbst auferlegt hat.

21. Deshalb irren jene Ablassprediger, die sagen, dass durch die Ablässe des Papstes der Mensch von jeder Strafe frei und los werde.

22. Vielmehr erlässt er den Seelen im Fegefeuer keine einzige Strafe, die sie nach den kirchlichen Satzungen in diesem Leben hätten abbüßen müssen.

23. Wenn überhaupt irgendwem irgendein Erlass aller Strafen gewährt werden kann, dann gewiss allein den Vollkommensten, das heißt aber, ganz wenigen.

24. Deswegen wird zwangsläufig ein Großteil desVolkes durch jenes in Bausch und Bogen und großsprecherisch gegebene Versprechen des Straferlasses getäuscht.

25. Die gleiche Macht, die der Papst bezüglich des Fegefeuers im Allgemeinen hat, besitzt jeder Bischof und jeder Seelsorger in seinem Bistum bzw. seinem Pfarrbezirk im Besonderen.

26. Der Papst handelt sehr richtig, den Seelen (im Fegefeuer) die Vergebung nicht aufgrund seiner – ihm dafür nicht zur Verfügung stehenden – Schlüsselgewalt, sondern auf dem Wege der Fürbitte zuzuwenden.

27. Menschenlehre verkündigen die, die sagen, dass die Seele (aus dem Fegefeuer) emporfliege, sobald das Geld im Kasten klingt.

▸ **THESE: Ein Christ muss sich vor niemandem rechtfertigen.**

28. Gewiss, sobald das Geld im Kasten klingt, können Gewinn und Habgier wachsen, aber die Fürbitte der Kirche steht allein auf dem Willen Gottes.

29. Wer weiß denn, ob alle Seelen im Fegefeuer losgekauft werden wollen, wie es beispielsweise beim heiligen Severin und Paschalis nicht der Fall gewesen sein soll.

30. Keiner ist der Echtheit seiner Reue gewiss, viel weniger, ob er völligen Erlass (der Sündenstrafe) erlangt hat.

31. So selten einer in rechter Weise Buße tut, so selten kauft einer in der rechten Weise Ablass, nämlich außerordentlich selten.

32. Wer glaubt, durch einen Ablassbrief seines Heils gewiss sein zu können, wird auf ewig mit seinen Lehrmeistern verdammt werden.

33. Nicht genug kann man sich vor denen hüten, die den Ablass des Papstes jene unschätzbare Gabe Gottes nennen, durch die der Mensch mit Gott versöhnt werde.
▸ **THESE: Geld macht nicht glücklich**

34. Jene Ablassgnaden beziehen sich nämlich nur auf die von Menschen estgesetzten Strafen der sakramentalen Genugtuung.

35. Nicht christlich predigen die, die lehren, dass für die, die Seelen (aus dem Fegefeuer) loskaufen oder Beichtbriefe erwerben, Reue nicht nötig sei.

36. Jeder Christ, der wirklich bereut, hat Anspruch auf völligen Erlass von Strafe und Schuld, auch ohne Ablassbrief.

37. Jeder wahre Christ, sei er lebendig oder tot, hat Anteil an allen Gütern Christi und der Kirche, von Gott ihm auch ohne Ablassbrief gegeben.

38. Doch dürfen der Erlass und der Anteil (an den genannten Gütern), die der Papst vermittelt, keineswegs gering geachtet werden, weil sie – wie ich schon sagte – die Erklärung der göttlichen Vergebung darstellen.

39. Auch den gelehrtesten Theologen dürfte es sehr schwerfallen, vor dem Volk zugleich die Fülle der Ablässe und die Aufrichtigkeit der Reue zu rühmen.

40. Aufrichtige Reue begehrt und liebt die Strafe. Die Fülle der Ablässe aber macht gleichgültig und lehrt sie hassen, wenigstens legt sie das nahe.

41. Nur mit Vorsicht darf der apostolische Ablass gepredigt werden, damit das Volk nicht fälschlicherweise meint, er sei anderen guten Werken der Liebe vorzuziehen.

42. Man soll die Christen lehren: Die Meinung des Papstes ist es nicht, dass der Erwerb von Ablass in irgendeiner Weise mit Werken der Barmherzigkeit zu vergleichen sei.

43. Man soll den Christen lehren: Dem Armen zu geben oder dem Bedürftigen zu leihen ist besser, als Ablass zu kaufen.

▸ THESE: Wer in einer Gemeinschaft lebt, soll etwas für sie tun.

44. Denn durch ein Werk der Liebe wächst die Liebe und wird der Mensch besser, aber durch Ablass wird er nicht besser, sondern nur teilweise von der Strafe befreit.

45. Man soll die Christen lehren: Wer einen Bedürftigen sieht, ihn übergeht und stattdessen für den Ablass gibt, kauft nicht den Ablass des Papstes, sondern handelt sich den Zorn Gottes ein.

46. Man soll die Christen lehren: Die, die nicht im Überfluss leben, sollen das Lebensnotwendige für ihr Hauswesen behalten und keinesfalls für den Ablass verschwenden.

47. Man soll die Christen lehren: Der Kauf von Ablass ist eine freiwillige Angelegenheit, nicht geboten.

48. Man soll die Christen lehren: Der Papst hat bei der Erteilung von Ablass ein für ihn dargebrachtes Gebet nötiger und wünscht es deshalb auch mehr als zur Verfügung gestelltes Geld.

49. Man soll die Christen lehren: Der Ablass des Papstes ist nützlich, wenn man nicht sein Vertrauen darauf setzt, aber sehr schädlich, falls man darüber die Furcht Gottes fahrenlässt.

50. Man soll die Christen lehren: Wenn der Papst die Erpressungsmethoden der Ablassprediger wüsste, sähe er lieber die Peterskirche in Asche sinken, als dass sie mit Haut, Fleisch und Knochen seiner Schafe erbaut würde.
▸ **THESE: Ich bereichere mich nicht auf Kosten anderer. Die Schöpfung gehört allen.**

51. Man soll die Christen lehren: Der Papst wäre, wie es seine Pflicht ist, bereit – wenn nötig –, die Peterskirche zu verkaufen, um von seinem Gelde einem großen Teil jener zu geben, denen gewisse Ablassprediger das Geld aus der Tasche holen.

52. Auf Grund eines Ablassbriefes das Heil zu erwarten ist eitel, auch wenn der (Ablass-)Kommissar, ja der Papst selbst ihre Seelen dafür verpfändeten.

53. Die anordnen, dass um der Ablasspredigt willen das Wort Gottes in den umliegenden Kirchen völlig zum Schweigen komme, sind Feinde Christi und des Papstes.

54. Dem Wort Gottes geschieht Unrecht, wenn in ein und derselben Predigt auf den Ablass die gleiche oder längere Zeit verwendet wird als für jenes.

55. Die Meinung des Papstes ist unbedingt die: Wenn der Ablass – als das Geringste – mit einer Glocke, einer Prozession und einem Gottesdienst gefeiert wird, sollte das Evangelium – als das Höchste – mit hundert Glocken, hundert Prozessionen und hundert Gottesdiensten gepredigt werden.

56. Der Schatz der Kirche, aus dem der Papst den Ablass austeilt, ist bei dem Volke Christi weder genügend genannt noch bekannt.

57. Offenbar besteht er nicht in zeitlichen Gütern, denn die würden viele von den Predigern nicht so leicht mit vollen Händen austeilen, sondern bloß sammeln.

58. Er besteht aber auch nicht aus den Verdiensten Christi und der Heiligen, weil diese dauernd ohne den Papst Gnade für den inwendigen Menschen sowie Kreuz, Tod und Hölle für den äußeren bewirken.

59. Der heilige Laurentius hat gesagt, dass der Schatz der Kirche ihre Armen seien, aber die Verwendung dieses Begriffes entsprach der Auffassung seiner Zeit.
▸ **THESE: Die vernetzte Welt ist eine Chance.**

60. Wohlbegründet sagen wir, dass die Schlüssel der Kirche – die ihr durch das Verdienst Christi geschenkt sind – jenen Schatz darstellen.

61. Selbstverständlich genügt die Gewalt des Papstes allein zum Erlass von Strafen und zur Vergebung in besonderen, ihm vorbehaltenen Fällen.
▸ **THESE: Männer haben immer noch das Sagen.**

62. Der wahre Schatz der Kirche ist das allerheiligste Evangelium von der Herrlichkeit und Gnade Gottes.

63. Dieser ist zu Recht allgemein verhasst, weil er aus Ersten Letzte macht.

64. Der Schatz des Ablasses jedoch ist zu Recht außerordentlich beliebt, weil er aus Letzten Erste macht.

65. Also ist der Schatz des Evangeliums das Netz, mit dem man einst die Besitzer von Reichtum fing.

66. Der Schatz des Ablasses ist das Netz, mit dem man jetzt den Reichtum von Besitzenden fängt.

67. Der Ablass, den die Ablassprediger lautstark als außerordentliche Gnaden anpreisen, kann tatsächlich dafür gelten, was das gute Geschäft anbelangt.

68. Doch sind sie, verglichen mit der Gnade Gottes und der Verehrung des Kreuzes, in der Tat ganz geringfügig.

69. Die Bischöfe und Pfarrer sind gehalten, die Kommissare des apostolischen Ablasses mit aller Ehrerbietung zuzulassen.

70. Aber noch mehr sind sie gehalten, Augen und Ohren anzustrengen, dass jene nicht anstelle des päpstlichen Auftrags ihre eigenen Phantastereien predigen.

71. Wer gegen die Wahrheit des apostolischen Ablasses spricht, der sei verworfen und verflucht.

72. Aber wer gegen die Zügellosigkeit und Frechheit der Worte der Ablassprediger auftritt, der sei gesegnet.
▸ **THESE: Ich mische mich ein, wenn mir etwas negativ auffällt.**

73. Wie der Papst zu Recht seinen Bannstrahl gegen diejenigen schleudert, die hinsichtlich des Ablassgeschäftes auf mannigfache Weise Betrug ersinnen,

74. So will er viel mehr den Bannstrahl gegen diejenigen schleudern, die unter dem Vorwand des Ablasses auf Betrug hinsichtlich der heiligen Liebe und Wahrheit sinnen.

75. Es ist irrsinnig zu meinen, dass der päpstliche Ablass mächtig genug sei, einen Menschen loszusprechen, auch wenn er – was ja unmöglich ist – der Gottesgebärerin Gewalt angetan hätte.

76. Wir behaupten dagegen, dass der päpstliche Ablass auch nicht die geringste lässliche Sünde wegnehmen kann, was deren Schuld betrifft.

77. Wenn es heißt, auch der heilige Petrus könnte, wenn er jetzt Papst wäre, keine größeren Gnaden austeilen, so ist das eine Lästerung des heiligen Petrus und des Papstes.

78. Wir behaupten dagegen, dass dieser wie jeder beliebige Papst größere hat, nämlich das Evangelium, »Geisteskräfte und Gaben, gesund zu machen« usw., wie es 1. Kor. 12 heißt.

79. Es ist Gotteslästerung zu sagen, dass das (in den Kirchen) an hervorragender Stelle errichtete (Ablass-) Kreuz, das mit dem päpstlichen Wappen versehen ist, dem Kreuz Christi gleichkäme.

80. Bischöfe, Pfarrer und Theologen, die dulden, dass man dem Volk solche Predigt bietet, werden dafür Rechenschaft ablegen müssen.

81. Diese freche Ablasspredigt macht es auch gelehrten Männern nicht leicht, das Ansehen des Papstes vor böswilliger Kritik oder sogar vor spitzfindigen Fragen der Laien zu schützen.

82. Zum Beispiel: Warum räumt der Papst nicht das Fegefeuer aus um der heiligsten Liebe und höchsten Not der Seelen willen – als aus einem wirklich triftigen Grund –, da er doch unzählige Seelen loskauft um des unheilvollen Geldes zum Bau einer Kirche willen – als aus einem sehr fadenscheinigen Grund?

83. Oder: Warum bleiben die Totenmessen sowie Jahrfeiern für die Verstorbenen bestehen, und warum gibt er (der Papst) nicht die Stiftungen, die dafür gemacht worden sind, zurück oder gestattet ihre Rückgabe, wenn es schon ein Unrecht ist, für die Losgekauften zu beten?

84. Oder: Was ist das für eine neue Frömmigkeit vor Gott und dem Papst, dass sie einem Gottlosen und Feinde erlauben, für sein Geld eine fromme und von Gott geliebte Seele loszukaufen; doch um der eigenen Not dieser frommen und geliebten Seele willen erlösen sie diese nicht aus freigeschenkter Liebe?

85. Oder: Warum werden die kirchlichen Bußsatzungen, die »tatsächlich und durch Nichtgebrauch« an sich längst abgeschafft und tot sind, doch noch immer durch die Gewährung von Ablass mit Geld abgelöst, als wären sie höchst lebendig?

86. Oder: Warum baut der Papst, der heute reicher ist als der reichste Crassus, nicht wenigstens die eine Kirche St. Peter lieber von seinem eigenen Geld als dem der armen Gläubigen?
▸ **THESE: Es lohnt sich, sozial zu sein.**

87. Oder: Was erlässt der Papst oder woran gibt er denen Anteil, die durch vollkommene Reue ein Anrecht haben auf völligen Erlass und völlige Teilhabe?

88. Oder: Was könnte der Kirche Besseres geschehen, als wenn der Papst, wie er es (jetzt) einmal tut, hundertmal am Tage jedem Gläubigen diesen Erlass und diese Teilhabe zukommen ließe?

89. Wieso sucht der Papst durch den Ablass das Heil der Seelen mehr als das Geld; warum hebt er früher gewährte Briefe und Ablässe jetzt auf, die doch ebenso wirksam sind?

90. Diese äußerst peinlichen Einwände der Laien nur mit Gewalt zu unterdrücken und nicht durch vernünftige Gegenargumente zu beseitigen heißt, die Kirche und den Papst dem Gelächter der Feinde auszusetzen und die Christenheit unglücklich zu machen.
▸ **THESE: Ich traue mir zu, frei zu sprechen.**

91. Wenn daher der Ablass dem Geiste und der Auffassung des Papstes gemäß gepredigt würde, lösten sich diese (Einwände) alle ohne weiteres auf, ja es gäbe sie überhaupt nicht.

92. Darum weg mit allen jenen Propheten, die den Christen predigen: »Friede, Friede«, und ist doch kein Friede.

93. Wohl möge es gehen allen den Propheten, die den Christen predigen: »Kreuz, Kreuz«, und ist doch kein Kreuz.

94. Man soll die Christen ermutigen, dass sie ihrem Haupt Christus durch Strafen, Tod und Hölle nachzufolgen trachten

95. und dass die lieber darauf trauen, durch viele Trübsale ins Himmelreich einzugehen, als sich in falscher geistlicher Sicherheit zu beruhigen.

Kasischke, Tanja
Luther, was läuft?
ISBN 978 3 522 30459 7

Gesamtgestaltung: Dagmar Herrmann, two-up
Layout und Innentypografie: Dagmar Herrmann, two-up
Reproduktion: HKS-artmedia
Druck und Bindung: Livonia Print, Riga

FSC www.fsc.org
MIX
Papier aus verantwortungsvollen Quellen
FSC® C002795